金牌小说

Miss Hickory

胡桃木小姐

〔美〕卡罗琳·舍温·贝利 著 司南 译

前言
PREFACE

做自己本来的样子

回归生命的本真，我们从哪里来，
还要到哪里去。

  以玩具娃娃为主角的儿童小说并不少见，大作家们总喜欢借由玩具的经历为我们讲述一个又一个迷人的故事，一段又一段奇妙的旅程。然而即使在这些经历传奇的娃娃当中，胡桃木小姐也绝对算是非常奇特的一个。

  她是一个很简单的娃娃，就是一颗用墨水画出了眼睛和嘴巴的山胡桃，粘在一根像长了手脚的苹果树枝上。当然，她的小主人安还是非常疼爱她的，给她做了棉布的裙子和帽子，请朋友用玉米芯为她造了一座小房子，还经常给她送个小碟子、小杯子什么的，让她过着像人类一样的生活。故事一开头，作者就写道："我们会把她当成一个真正的人，就像她本来的样子一样。"

  这样的日子也许会一直持续下去，直到胡桃木小姐的苹果枝身子干涸，里面再没有新鲜的树汁流动。但意外总是会在人们最意想不到的时刻发生。在寒冷的冬天就要到来时，安和家人突然搬走，搬回城市去住了，留下了胡桃木小姐。离开人类的呵护之后，灾难接二连三地降临，胡桃木小姐先是丢了玉米芯房子，后来又丢了乌鸦给她找的鸟巢，一次又一次地无家可归。她不得不自己动手，重新收集食物、制作衣服。她的衣服也由棉布的变为了树叶做的。在与果园里的各种动物相处的过程中，她的身心都似乎在一步步地接近自然。独自走在树林里时，她常常会觉得自己变成了另外一个人，能感知到身体里树汁的流动，深深地受到大自然的吸引。

乌鸦曾经说过她："你又不是生来就捧着茶杯和茶碟的。"是的，她生来并不是一个娃娃，只是长年与人类生活在一起，她已经习惯了以人类的视角去看待这个世界。她拒绝威拉德布朗先生的邀请，不相信松鼠对于奇迹之夜的描述，对待雉鸡太太、乌鸦等朋友也颇为苛刻。我们恐怕很难忘记她那尖酸的言论和伤人的语气——也许她并不是有意的，因为就像乌鸦和松鼠常说的那样，她是个"木头脑袋"。她固执地认为，自己的价值观才是正确的，自己的生活方式才值得守护。但其实，那并非她的价值观，而是她从人类身上学来的价值观。摒弃这样的观点，从大自然的视角来看，书中这些小动物的言行我们就都能很好地理解了——那都是它们的天性，是它们本来的样子。即使是最后松鼠吃掉了胡桃木小姐的山胡桃脑袋，那也是因为松鼠原本就是要吃坚果的。

从冬到春，胡桃木小姐经历了果园里美妙的季节变化，也见证了家养及野生动物们为过冬所做的种种努力。而在这一段奇妙又自然的历程中，她渐渐发现了自己本来的样子。

最终，胡桃木小姐丢弃了曾经的一切：房子、杯子、碟子、衣服、山胡桃脑袋……她恢复了自己的本性。她的生命原本并不存在于她的"木头脑袋"之中，而是存在于她的树枝身体里不停奔流的新鲜树汁中。在一头扎进老苹果树上之后，她才终于找到了自己的归宿，做回了真实的自己，也让老苹果树焕发了新的生机。可以想象，春去秋来，年复一年，胡桃木小姐生长在老苹果树的枝头，她眼中的世界一定不再是从前的样子。我们透过她从前那双眼睛所看到的阴郁和诡异也会消散。她会理解每一只动物的心情与存在价值，谅解它们的错误或缺点，看到生生不息的美好。

司南

目录

第一章
乌鸦来访 ……………………… 1

第二章
雪落之前的月亮 ……………… 12

第三章
在麦金托什小路上 …………… 23

第四章
松鼠发现了活坚果 …………… 34

第五章
胡桃木小姐的善事 …………… 44

第六章
谷仓新闻 ……………… 54

第七章
逃跑的小鹿 ……………… 63

第八章
小野牛的晚餐约会 ·················· 73

第九章
新年来临 ·················· 83

第十章
土拨鼠看到自己的影子 ·················· 95

第十一章
胡桃木小姐的飞行 ·················· 105

第十二章
牛蛙丢了衣服 ·················· 117

第十三章
再次无家可归 ·················· 128

第十四章
松鼠的报复 ·················· 139

第十五章
一切皆有可能 ·················· 149

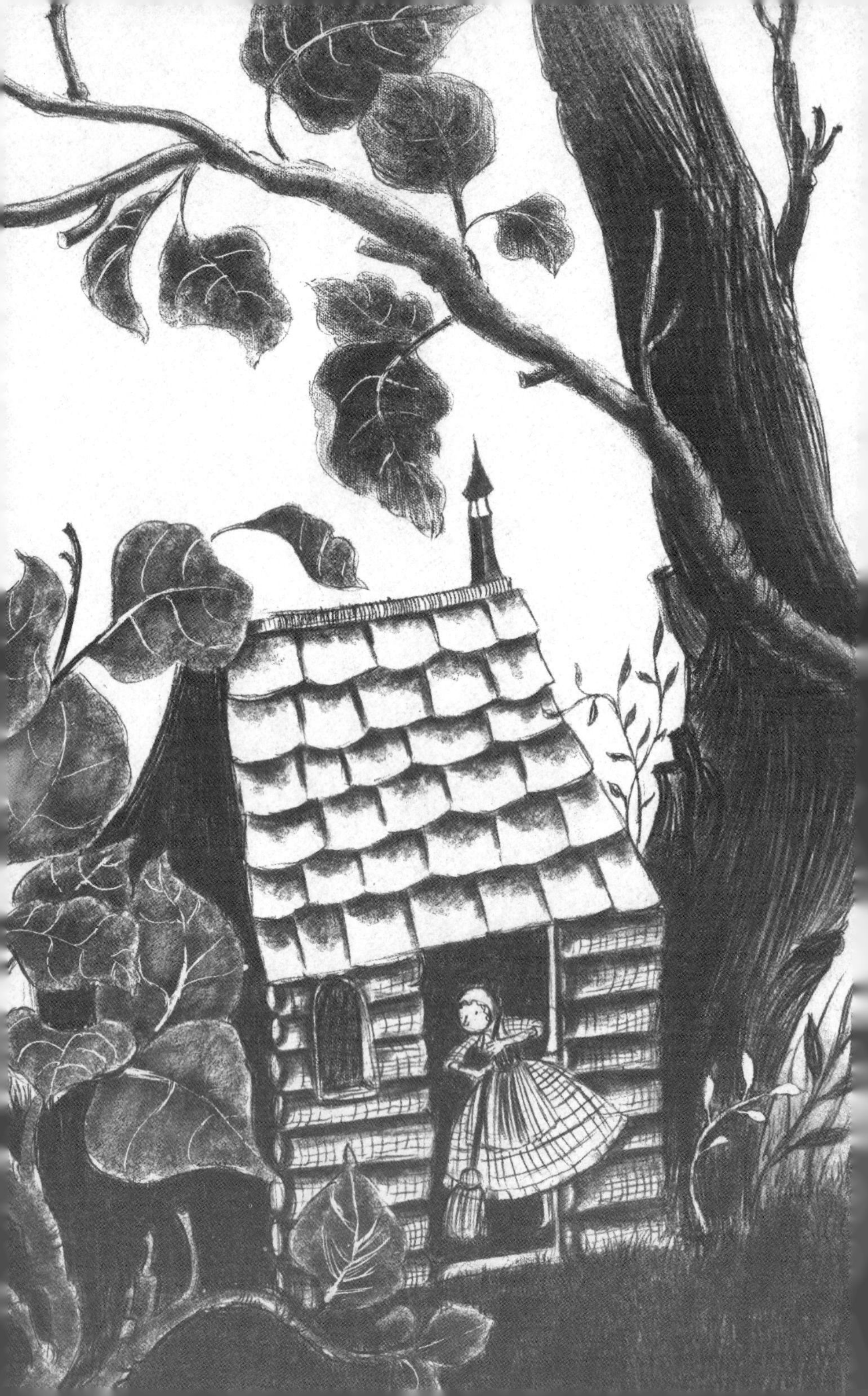

第一章
乌鸦来访

    胡桃木小姐听到了沉重的脚步声："砰、砰……"那脚步踏着牧场上的石头,向她的丁香树丛走来了。她用敏锐的小黑眼睛一瞥,看到一双黄色的大脚。但她没有转过头——事实上,胡桃木小姐很难转动头部。她的头是一个山胡桃坚果,上边有一个特别尖的尖儿,正好当她的鼻子。她的眼睛和嘴呢,是用墨水画上去的。她的身体是一根苹果树枝

做的。那根树枝就像一个有胳膊有腿儿，有手有脚的身体。树枝嘛，有时候就会长成这样。胡桃木小姐的山胡桃脑袋就用胶粘在这个身体上。她穿着蓝白格子的棉布连衣裙，戴着有褶边的白帽子，帽带在下巴下面系成一个漂亮的蝴蝶结。许多人第一眼看到胡桃木小姐时，都会说她是个乡村娃娃。她是克图拉小姐做的。克图拉小姐在希尔斯伯勒开了一家杂货店，她把胡桃木小姐作为玩具送给了安。但你和我不会这样想。胡桃木小姐那歪歪的小尖鼻子、噘起的嘴巴和锐利的眼睛都和普通的玩具娃娃不同。我们会把她当成一个真正的人，就像她本来的样子一样。

一个黑影越过胡桃木小姐家的门槛，发出粗哑的叫声，似乎想引起她的注意。但胡桃木小姐还是用松针做成的扫帚扫着地。她刚喝完茶，将橡子做的茶杯和茶碟洗得干干净净，放在火炉上方的一个架子上。屋里有一张床，上边铺着小母鸡们不要的羽毛，盖着用漆树叶拼成的鲜艳的被子，随时可以躺上去做个美梦。胡桃木小姐的房子是用玉米芯刻出凹槽，仔细地拼插在一起，再用胶粘合的。这小房子就坐落在丁香树丛下，开花时节，到处是淡紫色的芳香。整个夏天，四周都是浓郁的碧绿色，和鸟儿们在一起多么欢畅。以前，胡桃木小姐总是说，如果有人必须住在镇上，那他就一定要在丁香树丛下盖一座房子。

不一会儿，夕阳转到果园上空，透过胡桃木小姐的前门，投来几片彩色的光影。再过一会儿，太阳就要落到神寺山背后去了。太阳是世界上最大的苹果，又红又圆，无论春夏秋冬，始终守护着果园，永不停息。现在，太阳落得比较早，因为已经是九月底了。胡桃木小姐为了暖和身子，扫得更快了。一想到寒冷的天气，她就会打哆嗦。突然，一个

长着小圆眼睛和长嘴巴的大黑脑袋扎进窗口,打断了她的工作。

"胡桃木小姐,你在家吗?"乌鸦用他那粗哑的声音问道。

"呃,你怎么想呢?如果你真的会'想'的话。"胡桃木小姐反问,"我听见你那大黄泥腿子的声音,也看见你走过来了。如果你觉得我这房子的墙上还留着一颗玉米粒,能让你啄出来,那你就错了——你已经把它们都吃光了。"

"亲爱的女士!"乌鸦弯下腰,弓着身子钻进屋里,毫不拘束地说,"你总是那么文雅有礼,那么慷慨大方!"

胡桃木小姐的脸上仿佛浮起了一丝微笑,牵动了那些皱纹。"给你。"她从口袋里掏出几颗硬硬的黄玉米粒,递给乌鸦。乌鸦猛啄几下,费劲地吞咽着,最后深深地鞠了个躬。

"别费劲儿感谢我,"胡桃木小姐坚决地

说,"你会打嗝儿的。最近有什么新闻吗?我知道如果有的话,你一定能听到。"

"那正是我来这里的原因啊。收音机里都播了,"乌鸦说,"真是新闻,而且和你有关。"

胡桃木小姐在一朵毒蘑菇上坐下来,灵巧地展开裙摆,遮住脚踝。乌鸦舒适地倚在墙上,放松着翅膀,活动着脚爪。虽然他们俩有时会小吵小闹,但还挺有伙伴情谊。乌鸦不会装模作样,他就是个乡下人。他自己没有赖以生存的土地,只能去找些樱桃和玉米。蓝知更鸟、画眉和云雀等夏季来客都可以照顾好自己,但乌鸦觉得,他们为了从栖息地得到浆果和种子,付出了太高的代价。乌鸦知道整个乡村里所有即将发生的事。他非常强壮,还是个"天气通"。每年春天,由他来决定希尔斯伯勒"老乌鸦周"的日期,以喧闹的希望拉开这个季节的帷幕。他既能走路,又能飞行,这意味着他可以比别的鸟

儿去的地方更多。他知道胡桃木小姐曾经是某棵树的一部分，并尊重她的这份血统。在某些方面，他们很相似。他等着胡桃木小姐开口。

"嗯？"胡桃木小姐终于说道。

乌鸦收拢翅膀，尖嘴对着胡桃木小姐。

"布朗老奶奶要锁好这座房子，去别的地方过冬了。她打算去波士顿的灯塔山，在那里的女性城市会所住到春天。"好一会儿，屋里一片静寂，充满了深深的、无法打断的思考。乌鸦的话让胡桃木小姐大吃一惊，她简直无法开口。

"我知道。"最后，乌鸦说，"你希望连人带房子，在布朗老奶奶厨房的窗台上再过一个冬天。你希望安最好每天都顺路过来，给你带些有用的东西——小铁炉子啦，罐子啦，或者一个锡茶壶。可是她全家都要搬到波士顿去了，她还要去那里上学呢。"乌鸦朝天花板转动着眼睛，假装非常吃惊。其实呢，他根本就是在自得其乐。所有的乌鸦都是这样的，从蛋壳里孵出来时，他们就热爱传播八卦消息。

胡桃木小姐站起身，走到乌鸦身边。她那尖尖的小鼻子几乎碰到了乌鸦的脸上。

"不可能！他们不会的！"

"啊，没错的，胡桃木小姐。"乌鸦向她保证道，"去过波士顿的两脚动物都渴望拥有翅膀，只有我们这些会飞的乡村居民才从不会觉得自己需要城市。嗯，我曾经听说，有一只八哥去了波士顿的公共花园，可是——"

"住口！别耍贫嘴了。"胡桃木小姐痛苦地扭着双手，"说重点吧。"

"重点是你，亲爱的女士。"乌鸦开玩笑地用翅膀尖拍拍她的肩膀，"透过布朗老奶奶的窗户，你也看见过，冬天新罕布什尔州的积雪多深啊。我敢打赌，还有雾蒙蒙的、你

看不清窗外的日子呢。这里的冬天可是既漫长又难熬啊,胡桃木小姐。"

"那我该怎么办呢?"胡桃木小姐反问道。她还是不太相信乌鸦。

"别太难过,他们并不是有意忘记你。"乌鸦和善地说,"这会儿,安的脑子里有好多事儿,可不光是玩具娃娃。布朗老奶奶呢,她在新罕布什尔州出生,也在这里生儿育女,她会认为你能应对任何天气。你必须搬家啦,胡桃木小姐。"

"去哪儿呀?"胡桃木小姐走到窗边,向西望去。那边的野生密林每年都在向"老地方"农场推进。晚霞像彩虹织成的毯子一样,覆盖在神寺山上。可他们都忘了欣赏日落。

"是啊,就是这个问题!"乌鸦声音粗哑地答道。

胡桃木小姐跺着脚:"说话别像只傻鹦鹉似的,不管听见什么,收音机里的还是威廉·莎士比亚说的,你都要重复。你知道自己不认识字吧?"

乌鸦谦逊地低下头说:"你说得对。但我的意思是,我们应该制订一个计划,并且尽快执行。你不能整个冬天都住在丁香树丛底下。"

"我们?这里又不是你的家。它属于我。我喜欢这里,我不能搬家。要是搬了家,我的炉子、罐子和茶壶,我的茶杯、茶碟和床,要放到哪里去呢?如果我住在一个乌鸦巢里,没有漂亮的家具,也没法好好做家务……"胡桃木小姐说不下去了,她深情而又恐慌地环视着四面玉米芯墙壁。

"你让我有了个主意,胡桃木小姐。"乌鸦用一只脚掌握平衡,另一只脚抓抓脑袋。

"我才不想听你的主意。"

"但是改变一点点,对我们都有好处嘛。"乌鸦得意地笑着说,"要记住,亲爱的女士,你又不是生来就捧着茶杯和茶碟的。"

这句话超出了胡桃木小姐的忍耐限度，她发起脾气来。"我相信这都是你造的谣言，乌鸦。我要不向威拉德布朗先生问个清楚，是不会相信'老地方'空无一人的。他会告诉我实情。至于你嘛，乌鸦——"她尽可能笔直而勇敢地站在门口，命令道，"从我的房子里出去！"

"如你所愿。"乌鸦庄重地走向门口，"别担心，事情总会有转机的！"

"我不搬家！"乌鸦迈过门槛时，胡桃木小姐又喊了一声。但乌鸦只是用尖嘴轻轻碰了碰她的头。

"木头脑袋就是这样的！"说完，乌鸦向松林的方向走去。他和渐渐降临的暮色一起，暗淡了黄昏的色彩。

胡桃木小姐用一双树枝手抱住自己的坚果脑袋。她知道，乌鸦是对的，她是个不折不扣的木头脑袋。她在屋里慢慢地踱着步，掀开炉盖，捅捅红热的煤块，又扯扯床罩。可就算用这些日常工作安慰着自己，胡桃木小姐还是感受到了一种从未经历过的情绪。也许是因为她的树枝身体里还有汁液，也许是因为她那个硬脑壳里的本质还是香甜的果仁，不管是为什么，胡桃木小姐哭了起来。眼泪涌出她的眼睛，在她皱巴巴的脸上滚落，落得那么快，她只好用帽带去擦。天已经黑了，没有人看到她崩溃的样子，也没有人听到她的呜咽："这不是真的！我不要搬家！明天，威拉德布朗先生会告诉我，我只是做了个噩梦！"

第二章
雪落之前的月亮

"好天气，我可以把罐头做完了。"胡桃木小姐自言自语着，用木柴生起一堆火后，向森林进发，去寻找浆果。

这是美好的一天，空气清冷，但阳光还是温暖的。这让她暂时忘记了乌鸦那场警告性质的来访。乌鸦总是用粗哑的噪音喋喋不休地唠叨，让她无法认真去听。"他总是有话可说，而且喜欢听自己说话。"胡桃木小姐一边提醒自己,一边挎起灯芯草篮子,轻快地迈开树枝小脚。秋麒麟草像火把一样,高高矗立在她的头顶上方,照亮了十月大道。胡桃木小姐轻松地找到了路,在它们之间钻进钻出。它们的色泽令她感到愉快。远处,紫菀花形成高贵的华盖。她得意地从下边穿过,来到森林的边缘。一离开道路,她立刻身处松林深沉的绿意之中。

　　胡桃木小姐的鼻子就像狐狸的一样灵敏,从来不会错过松树的气味。她没法解释为什么,但每当此时,当她独自在树林里,嗅着肥沃的泥土气息,漫步走过有着蕨类植物花边的小路,闻见松树的气味,她就会觉得自己变成了另外一个人。她希望能有时间挖一棵小小的铁杉幼苗,种在她的玉米芯房子前边。这个主意已经在她心里珍藏了好一阵子。但此刻她已经离开了阳光照耀的道路,树林间的阴冷让她意识到,采摘浆果的日子不多了。她跪下来，刨开土地上覆盖的一层厚厚的落叶。

不管天气多么冷，落叶下的土壤总是保持着温暖。这始终让她惊奇。她将叶子刨得到处都是，直到露出她想找的藤蔓。她将树枝手臂插进那团温暖而纠结的东西中，直没到胳膊肘。对她来说，这跟嗅着树林的气味同样让人开心。她开始摘下鲜红的浆果，装进篮子。没有时间可浪费了，她知道。雉鸡先生就住在这附近，他可是出名的采摘浆果的好手。

首先是冬青树果实！冬青树站得笔直，果实挂在茎秆上，就在眼前，摘起来很快。但胡桃木小姐知道，如果要把它们腌制起来，储存在橡子罐里过冬，还需要许多甜味调料，她这一季可弄不到那么多蜂蜜。她又采了一

些冬青树叶。这东西配茶吃，可是美味又清爽。

接着是蔓虎刺。它们贴着地面，已经成熟了，样子像绯红的小球，一对对并肩生长在匍匐的藤蔓上。胡桃木小姐会将它们直接做成甜美的果酱罐头。她采完浆果，挎着装得满满的篮子往家走去。这时，她忽然想起雉鸡先生曾经告诉过她一件事。

"当蔓虎刺成熟时……"雉鸡先生说，"离第一场雪落就只有两个满月了。"

胡桃木小姐回到家时，发现威拉德布朗

先生那带有棕色斑纹的肥壮腰腿正挡在她整个房子的前边。阳光在光秃秃的丁香树丛间慢慢移动着,威拉德布朗先生享受着这样的阳光,长尾巴像旗帜一样前后摇摆。他是一只喜欢在外游荡的谷仓猫,也是享有盛名的猎手。胡桃木小姐喜欢他。威拉德布朗先生过着一种神秘的生活,但比乌鸦更接地气。这位先生消息灵通,也乐于跟别人分享自己的故事。

"今天早上你迟到了。"胡桃木小姐对他说。

"挤奶时间推迟了。"威拉德布朗先生解释道,"我的早餐通常是一碟刚挤出来的温暖的牛奶,不喝了它,我就没办法开始一天的生活。"

胡桃木小姐放下浆果篮,凑到近前,目光锐利地盯住威拉德布朗先生那绿色的眼睛。

"这个故事本来能讲得更好一些的,朋

友，"她说，"如果你在讲之前把脸洗了的话。你嘴角还沾着一根羽毛呢。"她掸掉那根羽毛。

"哦，我的耳朵和胡子呀。"威拉德布朗先生假装懊恼地大声说，"今天我怎么一大早就沾上羽毛了呢？如果我说，'老地方'的人喝茶时，我正好路过，有人非让我在那些柔软的羽毛枕头上打了个盹儿……"他响亮地"咕噜"着，以掩饰自己的尴尬。

"别在意。"胡桃木小姐说，"我们都知道你的习惯，威先生，而且我很高兴今天早上见到你。几天前，乌鸦来了一趟。"

"别提他啦！"威拉德布朗先生哼了一声，"我说什么也不会吃乌鸦的。上次我见到他时，他直冲我走过来，说了句坏话。我朝他吐了口唾沫。"

"偶尔吃吃乌鸦，你可能会成为更好的猫。"胡桃木小姐对他说，"我刚才要说的

话被你打断了——乌鸦说,这家人正打算离开希尔斯伯勒,去别的地方过冬。他说布朗老奶奶想去波士顿,住进灯塔山上的女性城市会所,安也要去那里上学。当然啦,他说的都是瞎话。"

威拉德布朗先生站起来,伸个懒腰,打了个哈欠。"不是打算,也不是瞎话,亲爱的。"他对胡桃木小姐说,"那是事实——他们已经走了!"

胡桃木小姐听到这话,一句话也说不出来,眼睛里满是恐惧。威拉德布朗先生又说:"你应该经常到处走走,胡桃木小姐。整个夏天,你都待在这丁香树丛下,顶多去树林里采采浆果,要不就是星期天,去印度天南星[①]那里跟人聊聊天。如果你最近去过房子前边,就能看到有行李箱从顶楼运下来了。"

[①] 印度天南星:多年生草本植物,分布在美国缅因州和佛罗里达州的森林里。

"他们走了!"胡桃木小姐终于喘过气来。现在她知道了,那是真的。她不愿让威拉德布朗先生看到她哭,只是跺着树枝小脚。

"这都是你的错,威先生!他们离开都是为了躲你。你老抓门,还在厨房里'咕噜咕噜'地要牛奶喝。你只是一只猫,跟别的猫一样。我要告诉整个希尔斯伯勒的居民,你的小名叫'小白',因为你的尾巴上有个白尖儿。'威拉德'是你出生的那个谷仓的名字,而'布朗'是凑字数用的,把它们连在一起是为了装腔作势。你太狡猾了,小白,我一直都知道。"

威拉德布朗先生大声"咕噜"了一下,蜷起爪子,微笑着说:"我是著名的捕鼠能手,所以大家总是忽略我的小名和我卑微的出身。如果你怀疑乌鸦和我说的话,为什么不自己去房子前边看一眼呢?你去看看吧。"

他拖着尾巴，向谷仓走去。

胡桃木小姐一动都不能动。她望着威拉德布朗先生。猫儿摇晃着身体，穿过谷仓宽阔的红门，终于消失了。胡桃木小姐慢慢走出丁香树丛，离开玉米芯房子和浆果篮。她绕过花园，穿过草坪，走近前门廊旁边那架粉红色的攀缘蔷薇。她爬上花架，勇敢地面对那些尖刺，爬啊，爬啊，终于爬到一个遮阳篷没有拉严实的地方，从窗下的缝隙望向屋里。

蓝色摇椅立在那儿，空荡而安静。壁炉用木板封住了。屋子中间的桌上放着一本书呢，仔细地裹在一条白毛巾里。那座老爷钟上闪亮的黄铜钟摆，正一动不动地垂挂着，表针指向八点。但从草坪上那座日晷的影子来看，现在显然已经是中午了。老农夫用的历书，本来是用一根绳子挂在屋里墙上的，现在也不见了。已经好一阵子了，这里只剩下胡桃木小姐一个人，而她还压根儿不知道呢。

现在她知道了，乌鸦和威拉德布朗先生告诉她的都是事实。如果可以的话，她真的会头昏眼花。她都快没有力气抓住蔷薇架了，但还是慢慢退了下来。威拉德布朗先生轻手轻脚地绕过房子的拐角，在那里等着她。

"呃，你来了，胡桃木小姐。"他咕噜着说，"我们俩都面临着相同的困境，为什么不跟我到谷仓去呢？整个冬天那里都会保持开放。作为捕鼠能手，我已经得到了永久的职位。"

"我生来可不是为了住在谷仓里的。"胡桃木小姐绝望地回答。

"那你想住在哪儿？"威拉德布朗先生问。

"我要回家了。"胡桃木小姐说，"今天我要把罐头做完。"

"家？"威拉德布朗先生笑了，"真好笑！

我刚刚才路过你的房子,它已经被占据了。你肯定知道花栗鼠吧?他住在石头墙里,被白来的花生宠坏了,总想不劳而获。就是他搬进了你的房子,胡桃木小姐。我得说,他恐怕要在那儿过冬了。我看到他时,他正好吃完午餐——也就是你那篮浆果。"

第三章
在麦金托什小路上

　　胡桃木小姐已不记得在蔷薇架下的地上坐了多久了。如果这是在大房子背后自己的家里，她早就大哭起来了。可是那玉米芯做的小家，那么温暖、舒适而又亲切的小家，现在已经被花栗鼠侵占了。在这里，对着空旷的路面，自尊心不允许她流露出悲伤。然而不仅是悲伤，她还感到绝望。浓重的露水打湿了她，第一场霜冻让她变得僵硬。风呼

啸着吹下神寺山，掀动她湿乎乎的裙子，拍打着她发抖的双腿。为数不多的几个过路者都没有注意到她。威拉德布朗先生正在温暖的谷仓里忙碌，根本没再想到她。一些小小的雪粒洒落在她的帽子上。

但是，就在那一天，当胡桃木小姐已经相信自己的末日快要来临时，有人从果园那边一路轻快地走来了——是乌鸦。他也只是路过胡桃木小姐身边吗？不。乌鸦拐上房前的小路，走了过来。在蔷薇架下可怜的避难所那里，胡桃木小姐正瑟缩成一团。乌鸦抬起一只脚，表示打招呼。

"亲爱的女士！"乌鸦"呱呱"地说，假装没看见胡桃木小姐脏兮兮、狼狈不堪的样子。他明白，她刚刚遭受了巨大的损失。他可是个无事忙，已经听说了花栗鼠的事情。

"别费劲解释了，胡桃木小姐，"他用粗哑的噪音说道，"我们都有自己的麻烦。我跟你说过，事情会有转机的，现在就是这样。"

"什么转机？"胡桃木小姐站起来，倚在蔷薇架上。

"首先……"乌鸦告诉她，"你必须意识到，改变、旅行和新的环境，这些事对我们大家有好处。特别是你，胡桃木小姐，你需要改变。你已经和那些人住了两年，而那些人觉得自己要有杂货店、汽车、火炉和外层护窗，那样才能生活。跟他们在一起，你成长得太轻松了。"

胡桃木小姐伸出手臂，放弃了自己的骄傲。

"不要对我说教，乌鸦！到底是什么转机？"

"一个新家，给你的。"乌鸦跳动着，摇摆着，以示炫耀，"别问任何问题，跟我来就好，没有时间可以浪费了。我很可能明天就会永远地离开这里。在那之前，我希望能看到你好好安顿下来。跟我来吧，亲爱的女士。"

胡桃木小姐蹒跚着，有气无力地走向乌鸦。乌鸦用一只宽阔的黑色翅膀扶住她，那翅膀就像一顶帐篷，温暖而结实。他的大黄脚领着胡桃木小姐的树枝小脚，一起离开身后的"老地方"，向大路上走去。他压着步子，等着胡桃木小姐，一边领着她走向果园，一边用粗哑的声音诚恳地说着话。

"你说我的窝乱七八糟，太对了，胡桃木小姐。我也就是用一些小棍子、碎稻草和树皮来做窝。但请你明白，我是个场面上的人。我每天都去很多地方，玉米田啦，果园啦，菜园啦。我对家的全部需求，就是有个地方能挂起我的帽子。但我的窝建在一棵高高的大松树顶上，像瞭望台一样。就在那里，我看到了你的新家。"

他们到了果园。

"往这边拐。"乌鸦对胡桃木小姐说，"我们要沿着麦金托什小路走过山坡。你都想象不到那里有多么安全稳妥，就在山的背风面，上方还有松树林可以防风。靠着我，胡桃木小姐，我们快到了。"

他们找到了一条留满植物残茎的小路，沿路走去。路边有几棵老苹果树，扭曲成古怪的形状。更妙的是，他们爬过了果园所在的山坡，来到太阳地里。胡桃木小姐觉得自己好像飘了起来，而不再是在艰难地行走。她紧抱着乌鸦的翅膀，时不时高抬起双脚，再次感觉到树林一直给予她的那种能量。她尽力跟上乌鸦，这样的运动让她感到温暖。她的心脏兴奋得"怦怦"直跳，相信乌鸦正在帮助她开始一次伟大的冒险。也许，一座带有壁炉和烟囱的小木屋正在前方等着她呢。等签好租约，她就要回去驱逐花栗鼠，并把自己的东西搬到山坡上，搬到麦金托什小路上来。

"还有很远吗？"她喘息着问。

乌鸦嘟囔了一声，没有马上回答。他从来只会数一，连二都数不到。一个樱桃吞下去，一颗圆滚滚的豌豆，一大口玉米。他父亲曾经教过他"种玉米的守则"：

一行给地老虎，一行给乌鸦，一行给农夫……

"永远别管剩下的。"乌鸦的父亲这样说过，"对我们来说，那什么都不是，除非后来是'两行种地下'。"

所以乌鸦不是在数山坡上的树，而是在念叨它们的名字。

"樱桃、北风间谍苹果、克拉普最爱的梨树、麦金托什、麦金托什、麦——麦——托什——托什——"他的舌头开始打结。"我们到了！"他终于告诉胡桃木小姐。他们差不多已经在半山腰那片光秃而扭曲的苹果树之间了。乌鸦停在一棵树下。那棵树看起来像不值得在春天修剪。它的树枝已经触到地面,安逸地弯向山坡,风也吹不到。乌鸦放开胡桃木小姐,跳上一根低低地横在那里的大树枝。"爬上来吧!"他命令道。

"可是——我不明白。"胡桃木小姐犹豫着。

乌鸦展开翅膀,消失在苹果树的枝杈间,只有粗哑的声音飘下来:

"犹豫就会失败!你不想活到春天啦?我让你爬上来!"

胡桃木小姐急忙抓住那根低枝,她那结实的小树枝手指顿时感到了久违的亲切。

"荡一下,然后跳!"乌鸦的声音从高处传来。这个嘛,胡桃木小姐决定,就当是乌鸦想让她学习的一种游戏好了。她拉住树枝,快活地摇摆了一会儿,接着跳到另一根更高的树枝上。

"继续!"乌鸦"呱呱"叫道,"一路爬上来。"

胡桃木小姐继续摇摆、跳跃和攀爬着,

每次都觉得自己更加勇敢，更加喜欢冒险。上啊，上啊，她爬上了苹果树，最后低头去看下边的地面时，已经有些头晕眼花了。她还能望见神寺山守护在西方。

"还要爬多高？"她喊道。

"已经可以了。"乌鸦栖息在她旁边的一根树枝上，回答道，"小心点儿。这真的不难吧？亲爱的女士，觉得你的新家怎么样啊？"

胡桃木小姐惊奇地看着乌鸦为她指出的地方：一个又大又深的鸟窝，牢牢地架在苹果树的树杈上。乌鸦知道，这不会给胡桃木小姐留下很好的第一印象，于是他开始劝告和吹嘘，就像一个地道的房地产代理人那样。

"免费的照明和供暖，和日照同步；长期租约；知更鸟建来自己住的。他本打算今年冬天留在北方，但威拉德布朗先生把他赶走了。这里有钩子给你挂衣服。知更鸟做窝很粗心，留下了很多小枝子戳在外边。但这里

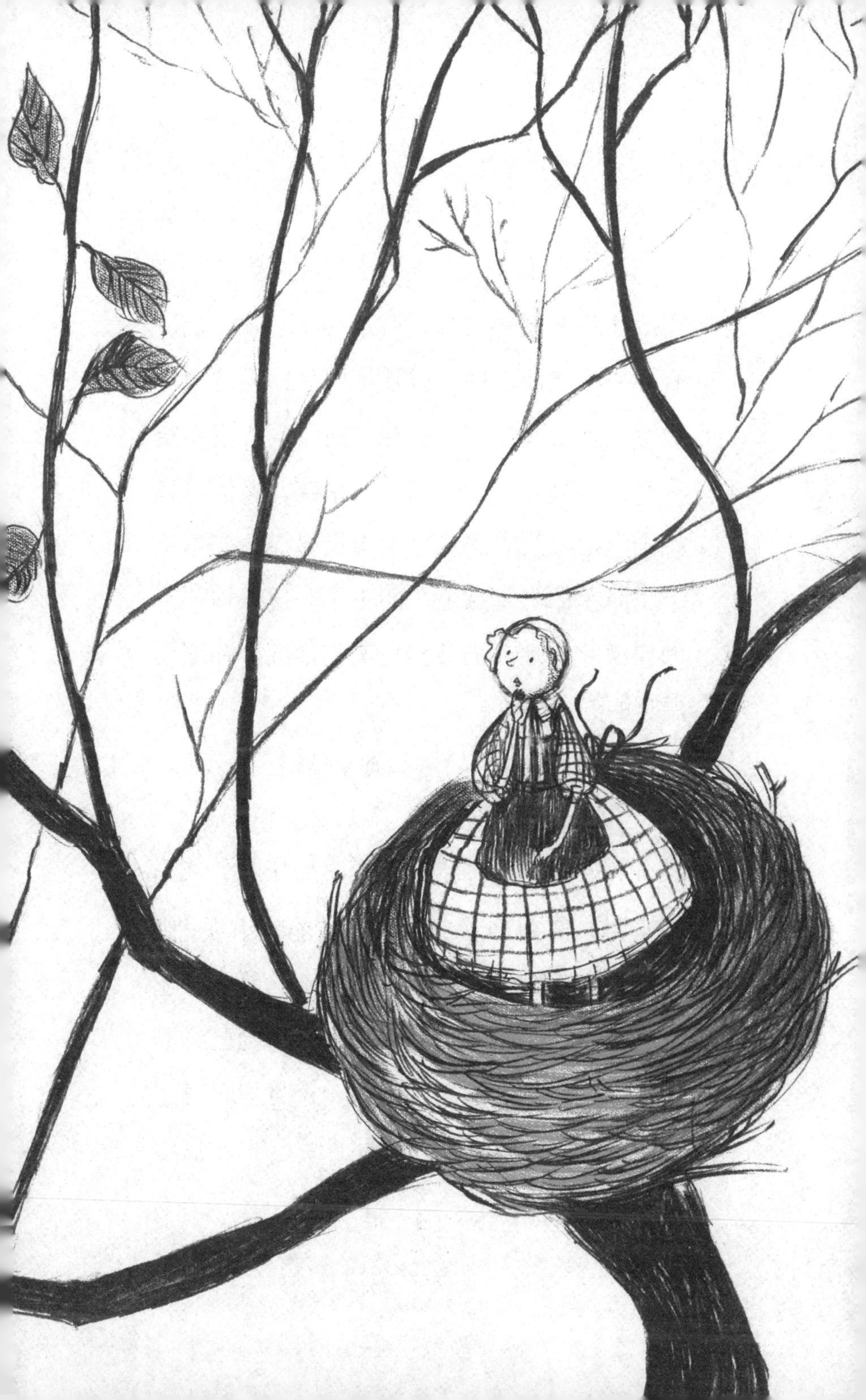

有优质的乡村泥巴，可以隔绝寒气。"乌鸦的推销词说个没完，胡桃木小姐在听到威拉德布朗先生的名字之后，就走神了。她下定决心，决不能让任何一只猫把她从自己的家中赶走。她在一根树枝上稳住身子，检查着空鸟窝。鸟窝安置得很好，又结实，又能遮风挡雨。她窥视着里边，发现风已经给空窝垫上了厚厚的乳草绒毛，还铺了一层玫瑰棕色的橡树叶。她迈进鸟窝，美美地沉醉在那团温暖的舒适当中。

"很不错嘛，乌鸦。"她承认道。

"我一眼就看上这儿了。"乌鸦粗声说。

这个窝很适合胡桃木小姐的体型。她站起来时，需要伸着点儿腰，才能跳出去；躺下时呢，就像现在这样，又温暖又舒服，还不会被看到。她就这样躺着，因为她已经非常累了。此刻她独自拥有了一个世界，再也不需要留在身后的那些东西了。

"不知道整个冬天在这里能做些什么。"她说,"我手里连把扫帚都没有。"

"你会找到许多事情做的。"乌鸦对她说,"新的东西要收集,新的朋友要结交,新的地方要探索。好啦,我该走啦。"

见乌鸦展开翅膀,胡桃木小姐倚在窝边说:"我欠你一个大大的人情,乌鸦。"

"别放在心上。"

"离春天还有多久啊?"胡桃木小姐鼓起勇气问道,"他们把老农夫的历书带到波士顿去了。"

"那并不重要。"乌鸦向她保证,"春天总会来的,你只要记住这一点,亲爱的女士,这非常重要。把它放在脑袋里,让你的树汁不停地奔流吧!"

说完,乌鸦展开翅膀,响亮地叫了一声,飞走了。胡桃木小姐目送他穿过"老地方",越过谷仓,穿过树林,飞向南方,直到无影无踪。

第四章
松鼠发现了活坚果

松鼠觉得现在正是时候，该开始准备过冬了。整个秋天，晴朗而凉爽的天气让他非常快活，所以他总是拖延着不肯储存坚果，明日复明日。他喜欢在树林的落叶间穿梭，听那"沙沙"的声音像舞蹈配乐一样，传入他灵敏的小耳朵。他爱蹦蹦跳跳地爬上树，来到最顶端的一根树枝上，在枝梢上平衡住身子，喜气洋洋地摇晃几下，再跳到另一棵树上。

做完这些游戏之后，他会坐在阳光下的石墙上，活蹦乱跳，欣赏着自己美丽的尾巴。

这就是松鼠在十月下旬的一天所做的事情。他坐在石头上，让太阳暖暖地晒着后背，美丽的尾巴像一片羽毛似的高高翘起。这时，他发现了一颗花生。

这颗花生是有人留在石墙上，要给花栗鼠的。花栗鼠现在就住在丁香树丛下的玉米芯房子里，过着奢侈的生活。那里曾经是胡桃木小姐的家。花栗鼠很高兴自己头上有了屋顶，所以很少再来拜访他的老石墙了。松鼠双爪捧着花生，嗅了嗅，又"咔咔"地摇了摇。

"我正好需要这个，当做今年冬季的星期天大餐。"他想，"我要马上把它埋起来。"

可是，这个好主意一闪就消失了。"这壳太薄了，不好保存。"松鼠琢磨着，"也许在明年春天之前，我都见不到另一颗花生了呢。"这么一想，他就把花生剥开来吃了。

可是一品尝完花生，松鼠又受到了良心的谴责。

"我早就该开始准备过冬了。"他唠叨着，连蹿带蹦地跑向树林。在那里，他没费多大劲儿，就找到了一颗成熟的、香甜的山毛榉坚果。他现在不饿了，就在山毛榉树下挖了一个深坑，将坚果埋了进去，感觉非常自豪。他迈着轻快的舞步，跑过落叶堆，但没跑多远，他又觉得肚子空空的了。

"对于像我这样活跃的年轻人来说，一颗花生算不了什么。"他自言自语道，"我要把那颗山毛榉坚果挖出来，吃个小点心。"

松鼠顺着自己的脚印回到一棵山毛榉树下，在树根处迅速挖了起来。他挖了很深，可还是找不到那颗坚果。树林里有许多山毛榉树，每一棵都长得很像。哎呀，松鼠忘了坚果到底埋在哪棵树下了。

"瞧我这倒霉的记性。"他自语道，"我必须再试一次。"

这次，松鼠找到了一颗饱满的橡子，里边的果仁充实，是很好的过冬食物。他在一棵橡树旁边挖了个更深的洞，埋好橡子。为了寻找时不再弄错，他还在洞边放了一段鲜红的藤蔓作为记号。然后，松鼠就走开了。他爬上树，摇晃着美丽的尾巴，对自己很满意。

运动让松鼠有了食欲，一小时之后，他又饿了。"对我来说，一颗变味的花生可算不上一顿饭呀。"他又对自己说，"我需要一颗富含维生素的饱满大橡子。"

松鼠回到一棵橡树边，那棵树的根部也确实有一段鲜红的藤蔓。他挖啊挖啊，从一处急急地跑到另一处，刨刨这边，挖挖那边。哎呀，树林里尽是橡树，也尽是鲜红的藤蔓缠绕在它们周围的地面上，松鼠又忘了。他储存的过冬坚果究竟埋在哪里了呢？

胡桃木小姐在麦金托什小路边、苹果树上、知更鸟的窝里定居之后，首先想到的是新衣服。尽管有着僵硬的树枝身体和坚果脑

壳，她到底还是一位纯粹的女性。她也知道，蓝白方格棉布连衣裙和带有花边、系带的白帽子并不适合冬天穿戴。搬家之后，她还有了另一个发现。她发现，和住在丁香树丛下的玉米芯小屋里时不同，她几乎不再依赖现成的商品了。现在她在鸟窝的角落里塞满了野玫瑰果、蔓虎刺和冬青果，并重新布置了知更鸟草草搭建起的墙壁，好把东西挂在那些小棍上。她还自己学会了用松针缝缝补补。

树林里满是可爱的缝纫材料：没有干透的叶子像天鹅绒一样柔软，有玫瑰红、金黄、猩红、红褐等各种颜色；各式各样软乎乎的美丽苔藓，有毛茸茸的，长在地面附近，有低垂的，还有像羽毛一样蓬蓬直立的，全都绿油油，连绵无尽；落叶松上的棕色小松塔可以做成出色的纽扣；而蕨类植物叶子那柔软的里层呢，可以用来做胡桃木小姐冬天穿的内衣。她独自一人，在树林里度过了许多欢乐而忙碌的时光，每天不是收集材料，就是坐在毒蘑菇上缝纫。她为自己设计的冬季服饰非常时髦，而且很实用。她的服装和气质已经非常接近这片树林，所以，当她穿过那些常绿植物和落叶时，几乎不会被察觉。正是因为这样，松鼠才没有很快发现她。那会儿松鼠非常迷惑，想不起自己把坚果埋在了哪里，他正在自言自语。

"坚果，健忘的果实，这个谐音不错！"松鼠大声说道，"我好像越来越健忘了！"

"我看出来了。"

松鼠跳了起来。那个声音尖锐而又老气横秋。他鼓起勇气，顺着声音一看，却发现了一个小人儿坐在毒蘑菇上。她穿着树皮鞋子的小脚一晃一晃，身上华丽的连衣裙可以穿去参加舞会了。由于服装的缘故，胡桃木小姐显得年轻而无忧无虑。但她的尖鼻子却更尖了，黑眼睛也非常锐利。

她穿着金色山毛榉树叶做的多层连衣裙，上衣是用生长在低处的短苔藓做的，又厚实

又暖和，配着小小的落叶松塔纽扣和匍匐松镶边。她的帽子非常合适，只有一点点帽沿，却很精美，与她的上衣正好相配。那件上衣也是用绿色苔藓做的，上边装饰着一颗红色赤杨果和一束苔藓毛毛。她还用猩红的枫叶做了一副小圆手笼，加上蕨类绒毛的衬里。这让她显得年轻了好几岁。松鼠觉得她很迷人。

"你好啊，小丫头！"松鼠问候道。

"注意礼貌，小伙子！"胡桃木小姐警告道，"我盯着你有一会儿了。我可不赞成你丢三落四的行为，你的记性好像很差。"

"太对了！我从小就被宠坏了。"松鼠难过地对她说，"我是个独生子，以前想要多少坚果，就能得到多少，而我也不是个意志坚定的孩子。"他伸出一只灰爪子，从眼角抹去一滴假想的眼泪。

胡桃木小姐一听到"坚果"这个词，就跳了起来。她拉低帽子，遮住自己脑袋的形状，跳下毒蘑菇，退回一丛铁杉幼苗中。

"借口！荒唐的故事！"她尖声叫道，"你家有一大家子呢，我知道，我可是看着你长大的。你妈妈教你藏坚果——"她住了口，用手笼捂住嘴巴。坚果，她应该避开这个词的。

松鼠竖起了耳朵。他凑到胡桃木小姐跟前，打量着她的脸。胡桃木小姐无法在他面前转过头去。松鼠嗅嗅她，又戏弄地拍拍她的鼻子。

"坚果呀！你觉得我是吗？"他唠唠叨叨地说，"那你呢？你的脑袋又是从哪儿弄来的？"

胡桃木小姐转过身，飞快地逃跑了。松鼠拔腿就追。胡桃木小姐跑得很快，但松鼠跳跃着，越过植物残茎和石头，出了树林，穿过长满干漆树灌木的丛林，追捕着她。胡桃木小姐翻过石墙，进入果园。松鼠却直接跳了过去，在对面等着她。他们来到麦金托什小路上。松鼠咧开嘴，露出了白色的尖牙。但奇怪的是，松鼠并没有去碰胡桃木小姐——

其实，他只是想跟她来一次赛跑。

胡桃木小姐爬上了苹果树，冲进自己的窝里，然后害怕地从窝边往下看。松鼠就在下边，在地面上。

"胡桃木，胡桃木小姐，这是我的名字。"她对松鼠叫道，想要得到他的敬畏，却不知这样正好泄露了秘密。

"我看到你的脑袋时,正是这么想的!"松鼠答道,"多棒的赛跑啊,是不是?在严寒的上午,怎样才能及时赶回家吃午饭呢?没有比一次越野赛跑更管用的方式啦。"

"家?!"胡桃木小姐倒吸了一口凉气。

"哎,对呀。多巧啊,胡桃木小姐。"松鼠喋喋不休地说,"我的树洞就在这里,就在你的树脚下。我妈妈在遗嘱中把它留给我啦。"

第五章
胡桃木小姐的善事

雉鸡太太和胡桃木小姐一起走出松林中的灌木丛。她们并肩穿过果园,拐进名叫"高草地"的农田,穿过"老地方",走向一块生长着蓝莓的野地。

"雉鸡先生有事出门了吗?"胡桃木小姐问道,"早些时候,我看见他从这条路上走过。"

雉鸡太太是一只灰褐色的鸟,身上既没有鲜艳的色彩,也没什么活力。她悲伤地"咯咯"叫了一声。

"现在是十一月,他离开我了。"她告诉胡桃木小姐,"他搬到了灌木丛的另一侧。他都不让我吃早餐。"

"这是什么习俗吗?"胡桃木小姐问。她看着雉鸡太太,发现对方完全不是雉鸡先生那样有魅力的动物。雉鸡先生步态庄严,尾羽就像五彩缤纷的缎带一样拖在身后。

"去年秋天,他也离开了我。"雉鸡太太说,"每年到这阵子,他就开始无视我。每天早上我走在他身后,都要跟他保持一段恭敬的距离。到了觅食地之后,他却转过身,把我啄回家去。"

"太野蛮了,他不是个绅士!"胡桃木小姐跺着脚说,"那你又怎么办呢,雉鸡太太?"

"不怎么办!"雉鸡太太阴郁地答道。

看来好像没什么可说的了,于是她们肩并着肩,默默地继续往前走。自从发现松鼠

就住在麦金托什小路、她那棵苹果树根下之后，胡桃木小姐总是想办法尽量不待在窝里。松鼠没有骚扰过她，但她太珍惜自己的脑袋了，不想冒任何风险。一天晚上，她都已经挂好帽子，脱下衣服，把自己安顿在毛茸茸的小床上，盖好被子了，却被吓了一大跳——两只明亮的小眼睛正盯着她。是松鼠爬了上来，正从鸟窝的边缘往里看呢。但他没有过来。

"我只是来表示一下邻里之间的友好。"他饶舌地说，"做个好梦哦！"然后他就走了。

还好梦呢！胡桃木小姐赶紧戴上帽子，把它拉低、系紧。她一夜没合眼，而且从那夜开始，她就总是戴着帽子睡觉。

眼下是十一月了。胡桃木小姐几乎每天都会下树享受秋天的落叶。多彩的落叶包围着她，躺在她脚下，欢快地摆动着叶柄，给她做伴。它们在山上铺开红褐色、金黄色和猩红色的地毯。渐渐地，山间枫叶的火焰被橡树飞旋的玫瑰色光彩所取代,胡桃木小姐每天都能发现新的颜色。她体内的树汁流淌得很好,从来不觉得寒冷。她认为,在一年中这样明朗的季节里,雉鸡太太还要为自己难过,这是很愚蠢的。见雉鸡太太安静而沉重地低头走着,胡桃木小姐终于忍不住教训起她来。

"如果我是你,我就不会允许这种事发生。"她责怪地说,"我要教他做个绅士。"

"怎么教?"雉鸡太太轻轻地问,"这是雉鸡先生们的习俗。有些秋天,他们允许我们一起吃早餐,有时又不允许。你是学校的教师吗?"她看起来很好奇。

"我打算明年春天接管一所学校。"这个主意正好跳进了胡桃木小姐的脑海。

"那么,你有头脑,也许能给我出出主意。"

事实上,胡桃木小姐也想不出有什么办法能教雉鸡先生懂得礼貌。但就在这时,她

们遇到了一个惊喜：在"高草地"和蓝莓牧场的交界处，她们突然发现了一个为过冬鸟儿准备的住所。不明白的人可能会说那是割草工偷懒的结果，但其实他是一片好心。在石墙的背风处，他让牧草和野草长得很高，还留下几穗玉米站在那里，当做食物。对于小小的雉鸡太太来说，在这里安家过冬，可比在树林里那粗糙的灌木丛中好多了。胡桃木小姐拍起了手。

"看，雉鸡太太。"她尖声说，"事情有转机啦。"

雉鸡太太走进那个住所，啄了几粒玉米。但她那灰色的小脑袋依然低垂着，羽毛也显得松垮而黯淡。胡桃木小姐失去了耐心。

"抬起头来，雉鸡太太！你现在正在一个冬季住所里，门口就有草籽和玉米，可你还垂头丧气的。抬起头来，我说，要懂得感恩。"

"他不会让我待在这里的，"雉鸡太太叹

了口气，头垂得更低了，"他会叫我出去。"

胡桃木小姐明白，那正是可能发生的事情。雉鸡先生会在雪地里走过来，走过来。他的羽毛映着白雪，闪耀着金红色的光泽。他会来到石墙边的住所，霸占玉米秸秆和割草工留下的草，赶走雉鸡太太，自己搬进来。这情形似乎想一想就令人绝望。胡桃木小姐冷静地思考着，回顾着自己的过去。

"雉鸡太太，"她终于说，"还有别的雉鸡太太跟你遇到了同样的困难吗？"

"我们都一样。到了冬天，先生就拒绝和我们一起做窝。他们会一起住在灌木丛那边的巢穴里，直到春天。"

"那么……"胡桃木小姐对她说，"你们也要这样做，你们也舒舒服服地待在这里，直到春天。只要你们立场坚定，那些雉鸡先生就不敢轰你们走。你们必须成立一个女士互助会。"

"什么？我不明白你的意思。"但雉鸡太太总算抬起呆滞的小眼睛，迎上了胡桃木小姐那热烈的目光。

"非常简单！每年秋天，希尔斯伯勒女士互助会要做的第一件事，就是动手做一床被子。她们要收集和保存漂亮的布片，有花布、素布，什么颜色的都有，再把它们缝到一起。她们每星期在市政厅见一次面，将自己的拼布连成五颜六色的大被面，再加上被里和填充物，挂在缝纫架上，做成被子。到了春天，她们就在教堂集市上把被子卖掉。但你们嘛，雉鸡太太，只要做供自己过冬用的被子就行。"

雉鸡太太那迟钝的思维乱成一团，胡桃木小姐的好主意，她一个字也没听懂。

"缝？拼？女士互助？"她嘟囔着。

"没错。"胡桃木小姐急忙跑向树林边缘。她去了一会儿，回来时，带着几枚尖尖的绿松针和四根又细又直、做缝纫架用的树枝。

然后，她又收集了四片美丽的落叶：一片红褐色的橡树叶、一片黄色的山毛榉树叶、一片红色的枫叶和一片金黄色的枫叶。她将树叶铺在雉鸡太太面前，组成拼布图案，教她怎样用松针和干草线将叶子缝在一起。这让雉鸡太太高兴起来。雉鸡太太马上用爪子抓起一根松针，开始缝拼布树叶。缝纫似乎是她天生的本领。

"抬头看看那座山。"胡桃木小姐说，"它为

你准备了好多图案和颜色呢,你的被子将是独一无二的。女士互助会的女士们都是在屋里做拼布被子,她们也有彩色的山可看,但她们喜欢做自己的图案。"

雉鸡太太抬起头,望着阳光下的神寺山。秋天的树叶正在那里闪耀,山脚是猩红的漆树,山顶是绿色的松树,中间是一层层鲜艳的橡树与枫树。她以前从没好好看过这座山——当树叶开始变化时,她总在为自己难过。现在呢,只是看了一眼这样的美景,她就振作起来。

"喏,给你,"胡桃木小姐继续轻快地工作着,"你的被子架。"她用结实的草将四根树枝捆在一起,做成一个方形的框架。"拼完布,就把它们缝在一起做被子。把被子绑在这个缝纫架上,上上下下、前前后后地缝,这叫'绗被子'。还有,哦,我忘了告诉你,女士互助会还要做一件事,那就是吃。她们在市政厅见面做被子那天，都要吃一顿大餐——"

但雉鸡太太几乎没有听见，她已经为自己收集了一堆玉米，在旁边"咯咯"地唱着一支幸福的小调，缝着成堆的落叶，还不时啄上一两颗玉米粒。胡桃木小姐悄悄地离开了，雉鸡太太都没有看到她走。

"她现在好啦，可以安全地过冬。我要在灌木丛那儿停留一下，告诉别的雉鸡太太可以去哪儿找她。我会跟她们解释什么叫女士互助会的。"

胡桃木小姐轻快地走向树林，感觉自己就像个童子军。

第六章
谷仓新闻

牛妈妈已经离开谷仓一整天了,威拉德布朗先生很担心。他是真的在担心牛妈妈吗?哦,不!他喜爱牛妈妈是有企图的——他在思念每天那碟温暖的牛奶。威拉德布朗先生趴在谷仓的一个老鼠洞旁边,脑子却走了神。他想起了今年夏天的一件事,有一天牛妈妈也不见了,那次是一天一夜。

那天,大家都想跑出谷仓。有三条小溪

流过"老地方"的耕地,注入池塘。它们汩汩流淌着,发出自己所知道的、各种各样的音调。幼小的玉米秆抽出新穗。鸟宝宝在阳光灿烂的"高草地"上扑腾着翅膀。牛妈妈很少注意到大自然的美丽,但那天,她感觉到一股强大的力量在催促着她,让她逃离畜栏和牛奶桶。她慢慢迈出谷仓大门,一路沉重地走着,经过"高草地",沿着一号小溪走进树林,大口喝着甜美的冷水。几株白桦幼苗形成了一片遮风挡雨的树丛,里边铺着苔藓地毯,昏暗而神秘。牛妈妈在那里躺了下来。她很少允许自己享受这样的乐趣。此刻她在这片隐蔽的树丛里休息着,宽厚的心中感到很温暖。

第二天早上,威拉德布朗先生再也忍受不了干渴,只好动身去找牛妈妈。谷仓里好像没人想分担他对牛妈妈的关心,所以他独自出行。他轻手轻脚地穿过"英亩田"中高高的牧草,沿着隔开"高草地"的石墙,想

象着鼻子闻到牛奶的气味，循着踪迹进了树林。他在那里找到了牛妈妈。牛妈妈还在白桦树丛里，卧在那天鹅绒似的苔藓上休息呢。

但牛妈妈不是独自一个。她巨大的棕色腰身两侧，各躺着一头小母牛。牛妈妈的身体翻来覆去，褐色的眼睛里满是怜爱，她用粗糙的舌头舔着软乎乎的小女儿，舔舔这个，又舔舔那个。

两头新生的小母牛！威拉德布朗先生吃惊地停在半路。双胞胎！这可不常见。整个希尔斯伯勒地区还没有哪头母牛生过双胞胎呢。威拉德布朗先生望着双胞胎小牛。她们像牛妈妈一样，身上有着棕色的斑点，眼睛也像妈妈的一样，大大的，是浅褐色的。她们三个也望着威拉德布朗先生。牛妈妈笨拙地站起身。小牛们发现自己细弱的腿可以支撑身体，也学着站了起来，倚靠在妈妈身上。

"走这边。"威拉德布朗先生对她们说。他摆着长长的尾巴，领着牛妈妈和双胞胎小牛走出树林，走向谷仓。因为兴奋，他连白色的尾巴尖都在颤抖呢。

现在是十一月了，双胞胎小牛已经能够照顾自己。她们的大眼睛是那样深沉，好像三号小溪里漂浮的褐色橡树叶。她们身上的棕花外套仍然柔软，但毛皮已经变厚，好在冬季保持温暖。她们细长的小腿也强壮起来。但让牛妈妈和整个谷仓感到惊奇的是，双胞胎小牛只是外表相似而已，在习性和爱好上，她们简直不像是姐妹。其中一条可称作谷仓小牛，她恋家、稳重而有礼貌。她知道自己属于谷仓，仓院就是她的前院，也知道应该及时进屋来吃晚餐。一到睡觉时间，她就回到牛妈妈的畜栏里那柔软的稻草中，听着母鸡们在栖木上低声地歌唱，渐渐沉入梦乡。

但她的姐妹可不是这样的啊，完全不是！

我们可以称她的姐妹为小野牛。小野牛的血液中仿佛天生有森林的气质，谷仓的墙壁令她窒息。如果被拴在仓院里的桩子上，

她会拔出桩子逃跑，也不管身后还拖着木桩和绳索。她经常错过晚餐，好像光靠在外面拣食农作物残茎和掉落的谷穗，就能长得很健壮。有时候，她整夜都不回家。

　　这一天，小野牛又跑出了谷仓。威拉德布朗先生终于离开自己住的老鼠洞，悄悄走过地板。他决定藏在打开的门后，弄清楚小野牛什么时候回家。牛妈妈可能是出去逮这位闲逛的女儿去了。等她回来，威拉德布朗先生还可以跟她闲聊几句。但到了傍晚时分，看到牛妈妈沿路走来时，就连威拉德布朗先生这样习惯乡村生活、不容易大惊小怪的猫儿，都觉得脖子上毛发直竖，尾巴炸了起来。

　　自从双胞胎小牛出生以后，牛妈妈一直感到自己很了不起。她甚至觉得自己不必按往常的量来提供牛奶了。她和两个女儿的合影登在《希尔斯伯勒新闻》上，还附了一段铅字文章。她认为，是时候过一种快乐的生活了，既然已经得到了荣誉的桂冠，她就可以躺在上边休息了。她今天正是这样做的——在月桂树丛中休息,将被风吹落的苹果吃了个饱。那些苹果就堆积在神寺山背风一面的山脚下。但起先,也就是今早出发去冒险时,牛妈妈已经在商品菜园那里停了一下,吃掉了一整个西葫芦。这是那种橡子形状的西葫芦,外皮又绿又硬,里边有厚厚的黄色瓜肉。牛妈妈连皮带肉吃了个精光。然后,在清晨的微风中,烂苹果的气味飘了过来。她可没有能力抵抗这个诱惑。在很不明智地吃掉大部分苹果之后,牛妈妈从她的月桂床上艰难地站起身,摇摇晃晃地上了路,往家走去。

看到牛妈妈,威拉德布朗先生有理由炸起尾巴——牛妈妈已经完全失去了体面。她不是在走,而是在蹦蹦跳跳。她跳着笨拙的踢踏舞,从路的一侧蹦到另一侧,经过"英亩田",路过"高草地",最后努力地穿过仓院大门。她觉得今天很成功。她一路雀跃,一路从嗓子眼里发出深沉的"哞哞"声,以

表示满足。威拉德布朗先生想，看到牛妈妈此刻的行为，就能够理解小野牛为什么会那样野了。他跑出大门去提醒牛妈妈注意：她必须从两根门柱之间通过。牛妈妈做到了。但一进谷仓，她就倒在地上。谁吃多了都会这样——牛妈妈胃痛得要命，她欢乐的"哞哞"声已变成了呼叫救命的声音。

　　威拉德布朗先生跑出去，"喵喵"地叫来了农夫。牛妈妈需要吃药，而威拉德布朗先生以前见过她被灌药，知道那景象有多精彩。如果牛妈妈能像马儿和绵羊那样，用文明的方式吞咽，那她的药会下去得容易一些。可牛妈妈习惯反刍，要把食物嚼上好长时间，她有着特殊的消化系统，和大多数动物吞咽的方式都不同。为了把药灌下喉咙，她需要用后腿支撑身体，靠着畜栏一侧，那姿势既不舒服又不庄重。

　　农夫拿着一个瓶子向谷仓走来。威拉德布朗先生突然决定让胡桃木小姐也来看看这场表演。他已经听说了胡桃木小姐新的住址,只是直到现在还没有去拜访过她。虽然他还记得胡桃木小姐搬家之前那尖刻的言辞,但他不是个小心眼的家伙。于是,威拉德布朗先生沿着麦金托什小路,跑向山坡上的果园,爬上胡桃木小姐居住的那棵树。

胡桃木小姐早早地上了床。她喜欢温暖舒服地躺着,看夕阳将山坡上的叶子映照成一道珠光宝气的帘幕。接着,在清冷无云、苹果绿色的天空中,太阳会落下去。到那时胡桃木小姐就尽量拉低帽子,念一段短短的祈祷文,祈求醒来时能发现自己的脑袋还在。所以,看到威拉德布朗先生的眼睛时,她吓坏了,这一点儿也不难理解。猫儿的眼睛像探照灯一样,正越过鸟窝的边缘盯着她。

"快跟我去谷仓,胡桃木小姐。"威拉德布朗先生咕噜着说,"牛妈妈要被灌药啦,她胃痛。"

"你来就是要说这个?为了这么个破理由,就把我从美梦中叫醒?说真的,你到底

想怎样啊，小白？"

"给你找点儿乐子嘛。"威拉德布朗先生委屈地说，"真不去吗？你会后悔的，胡桃木小姐。这事儿可有意思了。"他转过身，咕噜着退下树枝。

"你可能还没听说过谷仓的新闻：牛妈妈的双胞胎小牛里，有一头不学好，逃跑了。你最好小心点儿，胡桃木小姐。小野牛经常在果园里出没，她很容易认错东西，可能会以为你是一小棵结着红浆果的绿灌木呢。你想被吃掉吗，胡桃木小姐？"

威拉德布朗先生觉得，这么说是漂亮而恰当的回击。他踏着轻快的步子，速速回家去了。胡桃木小姐呢，却没有挪动地方。

第七章
逃跑的小鹿

  小鹿学到的第一课是"地形",那是鹿妈妈教给他的。他很少见到自己的父亲大角公鹿,但鹿妈妈就在他身边,从日出到日落。他睡在妈妈身边,就在一个废弃的旧地窖里,那是他们的家。紧贴着妈妈柔软的棕色外套,他感到很温暖。

  小鹿是这个季节才出生的。他是一只有斑点的小动物,蹄子像精灵的小脚,眼睛是

浅褐色的，总是追逐和捕捉着阳光。如果鹿妈妈将他留在深草或柔软的灌木丛中，他的眼里会蓄满泪水。鹿妈妈有时会独自跑开，好让他逐渐学会照顾自己。

那个地窖曾经是人类的家，但已被废弃了很多年。本来也许有哪位森林居民能发现它，结果却没有。因为通向它的小路已经湮灭，石头上盖满了野生的荆棘和漆树。过去在它周围发芽的灰桦树，现在也已经长高，被风吹弯，形成了一个屋顶。但这个地窖记得一切：这面墙边曾经立着砖做的壁炉，暖暖的炉火上煮着一罐豆子；柴火架上堆满了圆木；一位母亲在炉边宽阔的空间里摇着摇篮，织着毛活儿。地窖记得手摇纺车、雪橇上的铃铛、吱吱作响的炸面圈、糖蜜饼干、渔具、和阅读书本的声音，记得艰难与欢笑，记得被风吹聚的雪堆与白色的丁香花。而现在，它就像一本古老的纪念册，用以纪念过去的事物。周围那些赤杨、松树和铁杉的灌木丛封锁了它的册页，只对热爱乡村的人开放。当鹿妈妈要为她不懂事的小鹿寻找一个安全的家时，这个地窖看上去很合适。原来的道路消失已久，甚至没有足迹通往有人烟的地方。花岗岩上覆盖着地衣和苔藓，那就是唯一的路标。躺在这个地下的隐蔽所中，鹿妈妈伸出舌头，爱抚地舔着小鹿。松林间的风唱着歌，哄着小鹿入睡。

"道路开始的地方是东方。"鹿妈妈告诉小鹿，"明年春天，等你的腿脚更快一些，你就可以去那边探险了。那边有许多菜园，你可以啃里边的豌豆和扁豆；小果树有甜美的树皮，梨子和樱桃落在地上；再嚼嚼玫瑰花蕾，当做甜点。有一次，我透过一个厨房的窗户往里看，发现桌上有个南瓜馅饼……不过对你来说，那种旅行还不安全。东方就是太阳升起的方向。如果向东跑，要记住，你

的蹄印会非常明显。"

然后，鹿妈妈又谈到西方。

"回家的路通向树林和日落的方向，也就是西方。我们会经过北方的谷仓，顺着'英亩田'走到树林附近。那里的墙边有几棵古老而无人照料的苹果树。你会发现，'英亩田'里的苹果花蕾非常好吃。路的另一侧是果园，伏花皮苹果、酒心苹果、北风间谍苹果、鲍尔温苹果和麦金托什苹果，这些果树都沿着山坡生长。一定要避开果园！"鹿妈妈警告小鹿。

"不要往南方跑。"她劝告道，"我们全家都没往那边跑过。只有鸟儿才会在冬天时去南方。"

"北方嘛——"鹿妈妈抬起深色的大眼睛，像在做白日梦一样，"你父亲就是从北方来的，他从北方的森林来到我身边。他游过山间的小溪，鹿角上还垂挂着水草和藤蔓。他与鹿群一起来这边过冬。别的鹿都上山去了，但你父亲和我一起留在了山谷里。"

"他现在在哪儿呢？"小鹿问道。他不耐烦地踏着土，跟在妈妈身后。

"自从狩猎季节开始，我就没再见过你父亲。听着，记住我的话！在大雪堆积起来之前，你都得待在家附近。如果你听到很响的吵闹声，或者灌木丛里断裂的'噼啪'声——"

但小鹿再也忍受不了妈妈的说教。他竖起小尖耳朵，捕捉着森林里美好的气息。他做了个预备姿势，像鸟儿准备起飞时那样，随即就跑掉了，动作敏捷，无忧无虑。小小的蹄印在新鲜的薄雪上挨得很近，那是他在跑；当他跳跃时，蹄印就远远分开。小鹿离开地窖，沿路留下了一串足迹。他全身是黄褐色的，有着白色的斑点，就像树林间移动的光影，很难分辨出来。他太年轻、太敏捷，为了冒险不顾一切。

"去东方！"小鹿想，"我必须看看那个厨房的窗户。"

他四蹄生风地跑出森林，跃过石墙，紧贴褐色的树干，隐藏着自己。他穿过"英亩田"，经过谷仓，来到"老地方"的菜园。四周静悄悄的，白色的新雪上没有任何足迹。小鹿优雅地踏上后台阶，前脚搭在窗台上，往厨房里偷看。哎呀，窗帘是拉上的。心想事不成，他没看到什么馅饼。突然，房子后边光秃秃的丁香树丛里传出一阵"沙沙"声，吓了小鹿一跳。他看到丁香树丛下立着一座玉米芯建造的小房子，好像没有人住的样子。烟囱里没有冒烟，小雪堆挡住了窗户。小鹿勇敢地靠近这座玉米芯房子，仔细嗅了嗅。结果，一张尖尖的小红脸出现在门口，接着是一件条纹外套和一条怒气冲冲地摇摆着的尾巴。花栗鼠"叽叽咯咯"地说道："禁止入侵！"小鹿心脏狂跳，飞步往果园跑去了。

他在果园里吃到了美味的根和树皮。他用鼻子深深地拱进积雪中，拱进草和落叶形成的厚地毯下，触到温暖的地面。在那里，有浆果和多汁的藤蔓叶子等待着他。小鹿吃着，嗅着肥沃的土壤，然后扬起头，感受着飘落的雪星。他的四肢有了新的力量，感到非常安全和快活。他不时觉得头上痒痒的，那好像是要出角的迹象。他想，他可以对妈妈说，自己正在迅速长大，可以、也应该独自奔跑了。当然啦，晚上他还是要回到妈妈身边的。

"哗啦！砰！"恐怖的回声打破了平静的气氛。小鹿以前听到过猎人的枪声。此刻他突然意识到，他是独自一个。他惊恐地四下逃窜，努力想记起回家的路。他一路跃过果园，横穿道路，毫无遮掩地站在"英亩田"中的空地上，拼命回忆着哪边是西。太阳高挂着，完全无法为他指出日落的方位。但小

鹿一低头，立刻发现一个东西，好像是鲜红的圆浆果，躺在他脚下的雪地上。是浆果吗？小鹿将尖尖的小鼻子凑过去，那红色的浆果倏地消失了。他踢开雪，除了植物的残茎，什么也没找到。这可真神秘。小鹿在"英亩田"的雪里发现了更多圆圆的红斑。他跟着它们，被它们引到森林边缘。每当小鹿用鼻子或蹄子去接触它们时，它们就马上消失，好像一缕缕精灵火苗似的。

等找到回家的路时，小鹿已经忘记了刚刚的声响。他循着那深红的踪迹进了树林，感到熟悉又安全。他没有注意到，他所跟随的红点在雪地上形成了一条红线。初雪那么薄，几乎盖不住森林的地面。小鹿终于毫无困难地找到了地窖。他有许多事想告诉妈妈：他怎样往一扇窗户里看，怎样发现一只花栗鼠住在一座小小的玉米芯房子里。他也想问一问，妈妈怎么知道，在打猎季节中，最好待在家附近呢？他欢快地跳进旧地窖，但那里却是空的。小鹿寻找着妈妈，直到日落，泪水模糊了他浅褐色的大眼睛，他却始终没有找到妈妈的身影。终于，森林里暗得再也无法寻找什么踪迹，小鹿这才明白，当他听到那恐怖的声响时，妈妈一定就跟在他身后，照顾着他，守护着他。他回到自己和妈妈的地窖中，躺下来，悲痛而恐惧地颤抖着，又是寒冷，又是孤独。

后来，小鹿感到一个柔软的、温暖的侧腹紧贴在自己身边。他以为自己是在做梦。他睡得不好，又轻，又断断续续，因为那是一个刚刚转入严寒的夜晚。他翻了个身，在梦里用头拱着妈妈，接着却跳开了——一阵陌生的"哞哞"声打破了黑暗中的寂静。小鹿跳出地窖，看到了一只动物。对方和他的区别并不是很大，比他胖一点儿，但身上有

着跟他同样柔和的棕褐色,还有同样温柔的大眼睛,个头儿也和他差不多。那个与他同眠的陌生伙伴走过来,用鼻子蹭蹭他,又温暖而友好地靠着他颤抖的身体。她温柔地哄着小鹿,和他走向一小片桦树林。他们在林子里并肩趴下,小鹿平静地睡着了。

就这样,他们两个都不再孤单了。小野牛找到了一个弟弟,而小鹿有了一个姐姐。从此以后,小野牛和小鹿总是一起奔跑。

第八章
小野牛的晚餐约会

"咔嚓。咔嚓！喊喊喳喳。"安静。"喊里咔嚓！"

胡桃木小姐皱起小小的坚果脸。她太了解这些声音的含义了：在树根下的洞里，松鼠正在嗑开并吃掉他收获的坚果，而且热切地打着胡桃木小姐的主意。

现在是十二月，地上满是积雪，雪上还经常覆着薄薄一层硬壳，早该认真考虑启用过冬的食物了。胡桃木小姐还是有些害怕松鼠。在果园里相遇时,松鼠总是冷冷地盯着她的脑袋,一言不发,那神情让她感到很不安。他还抱着一种开玩笑的态度,总想扯掉胡桃木小姐戴着的冬帽。其实,他已经这样做了,还吃掉了帽子上的装饰品。冬季最初的一个暴风雪之夜,他们的树在风中摇摆着。当胡桃木小姐想到雪并不是毯子,而是敌人时,松鼠已经爬上了树枝。胡桃木小姐将她的树叶被子拉到下巴处,颤抖着,与其说是因为寒冷,不如说是因为恐惧。她看到两只小灰爪子抓住了鸟窝的边缘,一双明亮的眼睛正往里偷看。她从床上坐了起来。

"这么晚了,你想干什么呀?"她责问道。

"只想保护你,让你别害怕,胡桃木小姐。"松鼠说。他靠近了一些,挤到胡桃木小姐身边,整个身子都进了窝,只有毛茸茸的尾巴还垂在窝外。"只想帮你暖暖身。"他伸出一只爪子,拍了拍胡桃木小姐的脸颊。

"我必须得说,你真好,太好了。"胡桃木小姐非常别扭地答道,"你愿意在我的窝里过夜,让我去你的洞里睡觉吗?我敢说,你的洞肯定比我的窝更能遮风挡雨。"

"哦,不!谢谢你。"松鼠连蹿带蹦地下了树,回他温暖舒适的洞里去了。洞里的地上铺着老苔藓,某个角落还堆着一堆坚果。

"我没有伤害你的意思。"他一边下树,一边嘀咕道。

胡桃木小姐还记得那个夜晚,所以她问

自己这样对松鼠是不是公平。松鼠那可怜的记性，那在做计划方面的低能，都是很不幸的。现在，他好像不再垂涎她的脑袋，而只是拿它开开玩笑了。这个初冬的一天，胡桃木小姐跳跃着，逐根荡下树枝，在松鼠的洞口站了好一会儿，就那样看着。见松鼠又嗑开一个坚果来吃，胡桃木小姐说话了。

"明天怎么办呢，小伙子？"她问。

松鼠跳了起来。他努力想着，试图编个说法。"我今天正要开始收集更多的山毛榉坚果呢。"他说。

"然后呢？你能记住埋在哪儿吗？你能忍住不在回家的路上就吃掉吗？如果你真能重新填满食品间，你又能坚持每天只吃三顿饭，而不是吃六顿吗？"

"哎呀，胡桃木小姐！"松鼠那明亮的眼睛狡猾地一闪，"你留住自己的坚果，倒是很容易嘛！"

胡桃木小姐一刻也没多停留，在冰鞋允许的速度下尽速逃掉了。那双鞋子是她在夏天时用结实的树皮做的。但自从搬家以后，她老得在粗糙的地面上行走，还要上树下树，把鞋底都磨薄了。所以现在，胡桃木小姐可以根据需要把它们当成冰鞋或雪鞋。她掠过雪上的冰壳，敏捷得像一头小鹿。这时她突然开心起来，大雪的冬日常常会带来这种心情。她的目标是食物。上个季节制作的罐头已经不够吃了，她知道，冰冻食物已经流行起来。每一丛浆果和每一个种子荚都是她的自助餐厅。她首先滑过所谓的"高草地"，那边上长着赤杨果实，美味又松脆，可以当点心吃。还没到冬季住所，她就听到了心满意足的"咯咯"声，那是女士互助会的会员在唱歌。那个女士互助会还是她帮忙成立的呢。雉鸡太太在那里，聚集在她身边的，是一群同样土褐色的小母雉鸡。雪毯盖住了她们做

好的美丽的树叶被子，使她们更加暖和，也使被子的颜色更加鲜艳。看来，她们离开了雉鸡先生和他那群傲慢的同伴，在一起做窝，过得还是非常开心的。胡桃木小姐听到了几句交谈。

"公雉鸡只能拖着他最漂亮的外套下摆，一路引人注目地走过去，到收割过的地里吃早餐。而我们的食物呢，就在这里。"雉鸡太太快乐地啄了一颗玉米。

"过不了多久，他们就会回来找我们的。"

"这是规矩。在冬天，我们和公雉鸡就应该分开做窝。"

"这里有好多玉米和种子给我们吃呢！"

女士互助会的成员们"咯咯"地叫着，又低声唱起来。

"她们挺好的，我就不要去打扰了。"胡桃木小姐想。她咬着一颗赤杨果，横穿过路面，滑进"英亩田"里。

一号小溪流过"英亩田"的一侧,溪岸上生长着野玫瑰。眼下是十二月,野玫瑰丛中没有叶子,却结满了鲜艳的玫瑰果。它们圆圆的,被寒霜染上了颜色,好像小小的橘子,正在等待胡桃木小姐来采摘。她就去采摘了。"唔,唔,唔。"她一边哼,一边"咯吱咯吱"地嚼着这冰冻的果实和种子中的精华。接着,她休息了一会儿,低头望着小溪,聆听着薄薄的冰层下那细微的水流声。她想知道,这条小溪从哪里来,又流向哪里,为何它从不像青蛙池塘那样静静停息。

　　一号小溪还有一个特点,也吸引着胡桃木小姐——夏天,溪岸边的藤蔓上长着野葡萄。小树、高高的蕨类植物和乱蓬蓬的漆树遮住了深紫色的葡萄串,所以秋天葡萄成熟时,只有树林里的动物能采到它们。现在呢,仍然有许多冰冻的葡萄,可以给胡桃木小姐做餐后甜点。她在冰上滑着"8"字形,吃着葡

萄，沿着一号小溪滑啊，滑啊。水流在冰下不停盘旋。转眼间她已经到了不熟悉的地方，溪岸变得古怪起来，好像回到了过去。她离开冰面，爬上一号小溪陡峭的岸边。原来她到了"老地方"，就在谷仓后头！

胡桃木小姐滑冰、滑雪、吃东西，几个小时欢乐地一闪而过。当她到达谷仓时，已经快该吃晚餐了。最近白天变得很短，就要落山的太阳像一个火球一样，挂在西边清冷的绿色天空中。胡桃木小姐想起威拉德布朗先生关于小野牛好胃口的警告，还想起自己错过了围观牛妈妈因为吃得太多而被灌药的场景。她知道，谷仓是个温暖而友好的地方，是母鸡、绵羊、马儿、鸽子、牛妈妈和双胞胎小牛，当然还有威拉德布朗先生的保护所。

"他邀请我时，我应该过来的。"胡桃木小姐自语道，"我却没有来，脾气真是太暴躁了。"

正在这时，谷仓的门打开了一条缝，晚

餐来了。玉米给家禽，麦麸给小羊羔，干草和燕麦也送了过来。胡桃木小姐打算溜进门去，好在回家之前暖和一下。可是一头小牛疾冲进门，她刚刚来及得躲到一边。

"真是惊险啊，胡桃木小姐。"威拉德布朗先生的"咕噜"声传进她的耳朵。他潜行过来，眼睛像小小的绿色交通灯一样闪着光。"如果你想进来，走我的猫洞吧。你来得正是时候，可以看到一些好东西！很不寻常呢。"

猫洞是小小的正方形，有一扇贴着地面的合页门。威拉德布朗先生用鼻子撞开门，进了谷仓。胡桃木小姐跟着他。正是"好好吃饭"的时间，谷仓里充满了舒适自在的气息。胡桃木小姐却惊奇地凝望着。双胞胎小牛并没有都在牛妈妈的畜栏里，只有那头谷仓小牛安静地站在妈妈身边，吃着晚餐。

威拉德布朗先生的眼睛在幽暗中闪着亮光，引领胡桃木小姐走向半开的门。小野牛

和小鹿正并肩站在那里,吃着东西。他们整天一起奔跑。小野牛感受着自由,而小鹿与她分享着森林的秘密。从夏天到现在,他们都长高了,但看起来仍然像一对姐弟。小野牛的四条腿跑得飞快,具有其他小牛难以追上的速度。小鹿的外套已经褪去斑点,换成了更厚的冬装。起先,小鹿害怕谷仓。每到晚餐时间,他只能背对着落日的余晖,在树林边的灌木丛等待。那里有四棵白桦树,形成了一个通向"英亩田"的缺口。但小野牛劝说小鹿跟着她走。终于,小鹿迈出了如风的脚步,鼓起鼻孔,昂着头,犹豫着,随时准备大步后跃——但他还是到谷仓里来了,而好吃的麦麸堆就等在打开的门边。

"我跟你说过,谷仓这边出了怪事情。"威拉德布朗先生一边和胡桃木小姐一起看着,一边说,"每天晚上,小野牛都和小鹿分享自己的晚餐。"

第九章
新年来临

明天就是新年了,胡桃木小姐觉得空气中似乎有什么预兆。这不是那种能用语言表达的感觉,甚至也琢磨不透。一切并没有变化,但田地和森林好像都在期待着什么。积雪很深,上边纵横交错地铺着匆忙的小脚印,有兔子的、过冬鸟儿的,还有鹿的。月桂树有着隐秘的希望,这希望让它整个冬天都保持着新鲜的绿意。它钻出雪地,希望被做成

花环。松树修长的绿手指捧起小小的雪球,作为自己的装饰。笔直的小铁杉和云杉簇拥在一起。深红色的冬青果与月桂掺杂在一起,也想帮忙制作花环。匍匐松乖巧地躺在雪下,想要缠绕成花冠。

胡桃木小姐还记得去年的新年。那时候,她住在"老地方"厨房的窗台上。在那里,她能闻见碎肉馅饼、火鸡和布丁的味道。客厅里装饰得很温馨,火上熬着太妃糖浆。她得到一棵小小的、绿绿的铁杉树苗,作为礼物放在她的玉米芯房子里。人们还给了她一条新的格子棉布小围裙。可是现在呢,她的生活变化太大了,那段时光已变成一段暗淡的记忆。她在自己快乐的冬季世界里,一边时紧时慢地滑行,一边啃着树皮和玫瑰果。她还在帽子上插了一片月桂树叶,用来代替被松鼠扯掉的装饰品。因为没有了老农夫的历书,她几乎没再考虑过季节。

胡桃木小姐为什么那么不信任松鼠呢?天色转暗时,松鼠冲上树枝,来到她的窝边。"今天夜里是满月,胡桃木小姐,"他宣布,"月光真明亮啊。你不要太早上床,来熬夜参加庆典吧。"

"什么庆典?"胡桃木小姐紧紧拉低帽子。即使到现在,已经过去了好几个星期,她还是不能真正信任松鼠。

"在谷仓里。"松鼠告诉她,"每年这一天的午夜,那里都会发生奇迹。去年的今天,我妈妈带我去看过。只有我们兽类和长翅膀的动物能看到。大的、小的、野生的、家养的、地上跑的、天上飞的,大家都要去谷仓观看奇迹,谁也不会害怕那些比自己大的动物。"

"我已经过了听晚安故事的年纪。"胡桃木小姐冷冰冰地说着,用被子紧紧包住双脚,"你要是相信这些废话,就自己去吧,松鼠。"

"今晚的奇迹是这样的。"松鼠继续说着，没有注意她的话，"它将出现在谷仓的某个食槽里，拥有那个食槽的动物会发现它。到了午夜，食槽的新鲜谷物中就会出现一个小坑，但那里的稻草和燕麦都是新放的，没有人碰过它。那个坑的形状就像一个婴儿，连头带脚。你知道什么是婴儿吗，胡桃木小姐？"他急切地问。

"我见过婴儿，但还从没在严寒的冬季谷仓里见过。"胡桃木小姐语气尖刻，"你也一样。"她厉声说。

"我向你保证，我在平安夜的谷仓里见过。"松鼠皱起小小的灰色额头。胡桃木小姐不相信他，这让他很难过。

"那是你昨天晚上吃多了坚果做的梦吧？哦，一天又一天，一夜又一夜，我就听见你在那儿嗑啊吃的。"

但松鼠不肯罢休。"所有的动物，所有的

谷仓动物和野生动物都能看到这个奇迹。他们围到食槽边,并且——"

"好极了!"胡桃木小姐说,"你的怪话我已经听够了,下树回家去吧!"

"你会后悔的。"松鼠生气了,他伸出爪子,用力拍了胡桃木小姐的头一下,把她的帽子都拍歪了。"木头脑袋!"他一边离开,一边说。

这个词似乎挺熟悉,胡桃木小姐想。但她的脑袋就是个坚果,这确实让她很难接受新的想法。她开始意识到这个事实。

"我先好好休息一夜,明早再去谷仓。"她想,"这样我就能看看那里到底有什么了。"

于是,胡桃木小姐早早就睡觉了。她睡得很香,可是后来,一阵响亮而动听的乐声唤醒了她。那乐声就像小精灵敲响了结霜的细枝与冰柱,让它们"叮叮当当"地撞击着,奏出的欢快曲调。当她的树奏乐时,其他所有的树也加入了合奏。最后,整个果园都震

动着，兴奋地唱起了颂歌。胡桃木小姐在床上坐了起来。夜晚的月光照在雪上，那样明亮。她揉着眼睛，下了床，爬上高处的树枝，想看看到底是怎么回事儿。她一到树顶，就明白了：有一些非同寻常的事情正在发生。

她看到一支奇怪的队伍走下神寺山的顶峰，来到山坡背风处，穿过果园，走向谷仓。像导游一样飞在最前头的是一只乌鸦，但不是胡桃木小姐认识的那只，因为这一只是白色的。白乌鸦的身后是一群知更鸟，嘴里叼着小小的冬青枝，而蓝鸟们则衔着月桂树叶。他们的后边是小鹿。让胡桃木小姐感到吃惊的是，鹿妈妈又回到了小鹿身边，和小鹿一起轻轻踏着步子，配合着果园的乐曲。他们慢慢地走着，并不向树林和田地张望，因为他们并不害怕。

胡桃木小姐看到雉鸡先生时，轻声笑了起来。雉鸡先生那美丽的尾羽拖在雪上，很像一幅鲜艳的油画。他在"高草地"那里加入了游行队伍。早些时候，他去了那里的女士互助会总部，看望雉鸡太太。这会儿雉鸡太太也在队伍里。她走在雉鸡先生身后，与他保持着一段恭敬的距离。

接着，胡桃木小姐屏住了呼吸：孔雀们也排着帅气的队伍，走下山坡来了。他们那珠光宝气的尾巴，装饰着白色的蕾丝花边，展开成大大的扇形。夜莺也唱着歌儿来了；金绿色的鹦鹉，嘴里叼着棕榈叶子，成双成对地飞来了；脚步轻快的山羊，脖子上戴着铃铛，跳着舞来了。胡桃木小姐看到骆驼也列队行进着，身背丝绸的驮具，高大而庄严。她不禁大吃一惊。但这种来自远方的动物却毫不拘束，大胆地混迹于其他动物之间，好像一点儿都不害怕。接着，走过一只白鼬和她的家人。土拨鼠暂时钻出洞穴，还有一大帮蹦蹦跳跳的兔子和成群的鹿。猫头鹰也离

开了树洞。盲眼的鼹鼠好像有了视觉。队列中的大型动物小心地迈着步子,以免伤害到小动物。田鼠在雪上轻快地跑着,留下小小的脚印,组成一幅白色的舞步图案。红狐、蓝狐和银狐走了过去。黄鼠狼、貂与河狸在长长的游行队伍中钻进钻出。

胡桃木小姐觉得有些眩晕,好像丧失了思考能力。这时,她感到脖子后边传来一阵温暖的气息,就在树枝上。她差点掉下树去。原来是松鼠,他正对着她的耳朵大声叫唤:

"我跟你说什么来着,胡桃木小姐?现在你相信我了吧?我要走啦,你最好快点儿,要不就迟到了。"

松鼠开始下树。胡桃木小姐又吃了一惊:松鼠并不是独自一个,还有一只年老衰弱的松鼠陪着他。那只老松鼠毛皮稀疏,斑斑驳驳,尾巴也不再蓬松。松鼠"喊喊嚓嚓"地解释着:"我妈妈!她来这里只是为了参加庆典。快点儿吧，如果你想及时赶到的话！"

"不用着急。"胡桃木小姐说着，还是跳下了树枝，"谷仓会等着我的。"松鼠没有听她的话。在这样一个辉煌的夜晚，要独自前行，胡桃木小姐还真有些害怕。她从一根结冰的树枝跳到另一根，差不多是滑下了树。到了地面之后，她跟在队伍末尾。她前边是一只古怪的小动物，有着人类的手和脸，还有卷曲的长尾巴。那只动物直立行走着，原来是一只猴子。他回头看看胡桃木小姐，向天空举起一只小手。一颗明亮的大星星挂在东方，光芒甚至超过了月亮。接着，猴子加快了速度。

"一切都跟历书上写的相反。"胡桃木小姐自言自语道，"满月的时候，星星不应该这样明亮的。"

小小的她追随着那颗大星星的光芒，独自来到谷仓。

她马上发现自己来得太晚了。谷仓门开着，里边是家养动物：牛妈妈、双胞胎小牛、老马、家禽，还有绵羊和小羊羔。他们都聚集在一起。威拉德布朗先生戴着一个帅气的红丝带领结，规规矩矩地坐在一圈灰袍老鼠旁边，对他们连嗅都不嗅一下。猫头鹰们栖息在鸡窝的横木上，眨着眼睛。狐狸们混在母鸡中间。猴子用尾巴倒挂在房梁上。一头长耳朵驴子站在谷仓门口，耐心地等着。他闭着眼睛，垂着头，好像刚刚走完一段漫长的旅程。骆驼们也守在仓院里。

胡桃木小姐飞快地绕到猫洞旁边，可不管她怎么使劲儿，就是打不开门。她只好在仓院里那些动物腿所组成的迷宫中爬进爬出，终于进了谷仓的门，却再也没法往前走了。没人会伤害她，但也没人让路。大家好像在分享一个秘密，一个胡桃木小姐坚决不肯相信的秘密。她等在那里。午夜，那颗大星星进入了谷仓。它透过屋顶直直照耀下来,在小野牛的畜栏里投下一层金光。突然,外边传来一阵扑打翅膀的声音。动物们,每一只动物,都跪倒在谷仓的地上,低下了头:牛妈妈、老马、双胞胎小牛……身在老鼠们中间的威拉德布朗先生也低着头。猴子合起两只小手,骆驼的大脑袋低垂着,松鼠和他妈妈就在胡桃木小姐身旁。

"那是什么?"胡桃木小姐问松鼠,"我看不见。"松鼠用力按着她的头,但她的脖子太僵硬了,弯不下去。"我跟你说过。"松鼠小声说,"小野牛的食槽拥有——"但冰柱一阵鸣响,淹没了他的声音,胡桃木小姐没有听清他最后那句话。动物们站起身。除了胡桃木小姐,他们都看到了小野牛食槽里的金色印记。

大星星的光芒渐渐黯淡,陌生动物们组成的队伍开始退回神寺山。谷仓的门关上了,

胡桃木小姐又回到了她熟悉的冰雪世界。这时，已经是新一天的早上了。她动身回家，在路上遇到了小鹿。小鹿正独自在"英亩田"的雪中觅食。"高草地"上，女士互助会的雉鸡太太们正缩进被子里，一只公雉鸡也看不到。胡桃木小姐来到松鼠的洞口，向里边看去。松鼠还是独自一个，正忙着嗑开他本该继续保存的坚果——离冬季结束还有很长时间呢。

"如果我没有看到，也没在谷仓里，我一定会说自己刚刚只是做了个梦。"胡桃木小姐心想。接着，突然之间，她觉得自己真有些不对劲儿。"我应该听从松鼠的话。"她想，"我应该看看谷仓的食槽里边，可我是个木头脑袋。"她感到又是伤心，又是迷惑。

第十章
土拨鼠看到自己的影子

在那块名叫"高草地"的田地一头,一个地洞里,住着土拨鼠。他是一个暴躁的家伙,性情尖刻,没有朋友。他常常穿着一件从不洗刷的破烂外套,独自走过玉米秸秆和豆架之间,锐利的小眼睛非常警惕,黄色的长牙随时准备啃咬蔬菜。整个夏天,他吃过甜玉米、嫩豌豆、豆角、新南瓜和青菜。他会咬一口水果,再把它们留在地上腐烂。他

家有许多儿孙，但他从来不为家人考虑，只是让他们自己觅食。其实，如果土拨鼠真的遇到一个亲戚，他也会露出丑陋的牙齿，试图先抢到蔬菜。他吃下去的东西都会变成脂肪，保证他整个冬天不进食也能活下去。

所以，当玉米都打成捆，菜园里只剩下残茎，霜冻来临的时候，土拨鼠就退回他深深的地洞尽头，开始睡觉。他蜷成脏兮兮、乱糟糟的一团，打着呼噜，梦着明年更大、更好的农作物。

土拨鼠的坏习惯让他不受欢迎。他没有朋友，胆子也很小。他害怕豪猪。豪猪经常跟他光顾同一块田地或者同一个菜园，背上满是尖尖的箭刺，随时准备发射。他害怕猎枪，对了，他也害怕自己的影子。土拨鼠没有受过任何教育，在他看来，他的影子就像敌人，阴暗又险恶。他一看到自己的影子，就拼命地想逃走。当然啦，影子到处跟着他。

但他偷东西时，就很少注意到影子了——那时他只关心肚子。

但到了二月里，偶尔会出现阳光灿烂的日子，热量渗入土拨鼠那建在地底的床上。他会苏醒过来，打个哈欠，觉得肚子饿了，就爬到门口，往外看看。

现在就是二月，这样的事情发生了。天气温暖得出乎意料。太阳从神寺山上升起得更早，落下得更晚了一些，白天强烈的光线照耀在果园上空。二月上旬的一天，土拨鼠感受到了太阳，也感受到了他那缩成一团的胃。他把鼻子伸出地洞，几乎不敢相信自己的眼睛。"滴答、滴答"，苹果树枝头的冰融化了，淌着水滴。土拨鼠把一只爪子伸进雪里，挖到下边的泥巴。他壮着胆子往外挪了一点儿，又挪了一点儿。突然，他惊恐地呆在了原地。他旁边的雪上好像有一只巨兽，张着大嘴，龇着长牙——土拨鼠看到了自己的影子。它显得比去年更大、更凶猛。他不仅看到了自己的影子,还发现影子旁边站着一个奇怪的小动物。她有着尖尖的鼻子、树枝做的手和脚,帽子俏皮地歪在脑袋一边,嗓音又高又尖。

"别动!"胡桃木小姐说。

胡桃木小姐看似很镇定,实际上心里很害

怕。她以前从没见过土拨鼠,此刻看到土拨鼠的个头和威拉德布朗先生一样大,牙齿那么可怕,跟她离得又那么近。

土拨鼠转身就跑,连滚带爬地钻进地洞深处。既然危险已过,胡桃木小姐也跑掉了。她一步不停,最后摔倒在雉鸡太太们中间。雉鸡太太们仍然一起生活在女士互助会,也就是"高草地"墙边的住所里。她们毛蓬蓬的,低声叫唤着,聚成一群,先是被胡桃木小姐冲散了,之后又围拢过来救她,用柔软的翅膀遮住她。她们很吃惊,她们还从没见胡桃木小姐为了什么事逃跑过。

"好啦,好啦,亲爱的,"雉鸡太太"咯咯"叫道,"别那么哆嗦了。你现在在朋友们中间,非常安全。可这到底是怎么回事儿啊?"

胡桃木小姐一喘过气,就告诉了她们。

"我刚才看到一只野生动物!跟谷仓猫一样大,还有尖利的黄牙!就在这里,在你们

Miss Hickory 99

附近。我在'高草地'里遇到的！"

"那只动物在做什么呢？"雉鸡太太问道，"他追赶你了吗？"

"这倒没有。他正在一个洞口旁挖土，影子落在身边。"

"然后呢？"雉鸡太太关心地追问。

"他一看见我，就跑了，一直跑回洞里去。"

"所以，你觉得老土拨鼠是让你给吓跑的吗？"雉鸡太太直截了当地说，她现在是女士互助会的主席，不再那么羞怯，"你知道是怎么回事吗？土拨鼠回到洞里，是因为他看到了自己的影子。"

"什么意思？"胡桃木小姐几乎不敢相信自己的耳朵。

"冬天还要再持续六个星期！"雉鸡太太抱怨道，"如果土拨鼠出了洞，太阳在照耀，让他看到自己的影子，他就会再回去。这意味着，还要有六个星期的风雪和冰冻。"

"冬天还要持续六个星期！"所有的雉鸡太太都抱怨起来。

"他为什么要这样做啊？在月亮高高悬挂的夜里，我总发现影子是非常可爱的伙伴。"

"因为土拨鼠害怕呀。他偷蔬菜，以为影子会抓住他。除了出门偷东西，他从来不离开地洞。他会躲在阴影里，尽量避开自己的影子。"

胡桃木小姐有点儿头疼，这件事超出了她的理解能力……但近来，她僵硬的树枝身体感觉柔软了一些，双腿敏捷起来，双手也变得灵活多了。好像是哪里产生了新鲜的树汁，让她冰冷的四肢充满了生机。当感觉到树汁上升时，她的坚果脑袋也转得快了一些。

"土拨鼠很聪明嘛。"她继续说道，"所有的贼都胆小。你们说，他为什么要偷东西呢？因为他饿嘛！如果农夫不在你们窝边留下干玉米，你们的一日三餐要怎么解决？看看你们这堆没吃完的玉米，明天还会有新的呢。"

"你是不是有什么计划?"雉鸡太太问。

"在这种情况下,你们这些女士互助会成员应该知道承担自己的责任。"胡桃木小姐对她们说,"女士互助,可不是像一群猪那样,照顾好自己就算完事儿。"

"你是说,我们应该把玉米送出去吗?"

"为什么不呢?向土拨鼠表示一下邻里间的友好,也许他会回报你们的。"

雉鸡太太们安静了好一会儿,她们在思考。除了照顾自己,她们没有做过更多的事情,但冬天过得不错。她们在"高草地"这里找到了避难所,也能按时得到食物。

"你改天再来吧,给我们时间考虑考虑。"她们对胡桃木小姐说。这件事太重大了,不能马上决定。

但第二天,冰冷的风让胡桃木小姐没能出门。大风过后,又是接连几天的浓雾。有两个星期,太阳都没有出来。终于在一个阴天,胡桃木小姐又去了女士互助会那边。大家一看到她,就开始"咯咯"地争论起来。

"安静!"胡桃木小姐对她们说,"这不是只考虑自己的时候。冬天已经持续得够长了,如果我们能做些什么来打破它,那就做吧。"说着,她将双手伸进雉鸡太太们的玉米堆,捧起满满一捧黄色的干玉米粒。"来吧!"她命令道。

于是,每只羞怯的雉鸡太太都叼起一粒玉米,由她们的主席带领,排成一列纵队,跟在胡桃木小姐身后,离开她们的住所,穿过"高草地",来到土拨鼠睡觉的地方。她们听到了深沉而均匀的呼噜声,知道那就是土拨鼠的地洞。

"把玉米铺在他的门前吧。"胡桃木小姐对大家说,"然后快跑!"

她们在土拨鼠的洞口放下足够他饱餐一顿的玉米。胡桃木小姐用力地敲了敲门,接

着她们四散而去，从安全的远处观望着。土拨鼠的呼噜声变小了。他醒过来，舒展开身体。大家看到他探出那张不好看的脸，用一双狡诈的黑眼睛小心地向外窥视。然后，土拨鼠全身爬出洞，扑向玉米，贪婪地吃了起来。他东张西望了一阵，因为是阴天，他没有看到自己的影子。他关上门，小心翼翼地离开地洞，啃着雪地里刚露头的绿色灌木。

"春天来啦！"胡桃木小姐欢呼道。

"春天来啦！"母雉鸡们齐声叫道，望着树林。那是各位雉鸡先生过冬的地方。

至于土拨鼠，他没有再回到洞里去。他想看看春耕什么时候开始。他也没有作出任何努力去归还自己得到的食物。他明白自己是个天气预言家吗？这谁也不知道。但事实摆在这里，他就是个天气预言家。

第十一章
胡桃木小姐的飞行

　　许多翅膀响亮地扑打着；一片黑影掠过太阳,好像发生了日蚀；许多嘴巴在松树顶上大声谈论着——是乌鸦们回来了。现在是三月里的老乌鸦周。在上个季节出生的年轻乌鸦已经长大,像他们的父母一样强壮和吵闹。老乌鸦们的黑羽有些褪色,尾巴也有些磨损,发出破破的粗哑低音,参与着合唱。地面上仍然有霜冻,还有这里一块那里一块

的积雪。小溪上覆盖着一层冬季的残冰。但风景已经发生了变化，空气中有一种春天的希望。胡桃木小姐在她那瞭望台似的窝里看着老乌鸦周发生的事情。在这样的时刻，她也能从自己的树枝身体里感觉到那种希望。

并不是说她喜欢这样。哦，不！那些粗野的大鸟彼此之间非常相像，她根本认不出自己那位乌鸦朋友。

"他还没回来呢。"胡桃木小姐自言自语地说。

这时，鸟群哑声叫着，欢快地俯冲到被吓坏了的女士互助会员中间，狼吞虎咽地吃起她们的玉米来。羞怯的雉鸡太太们赶快逃往安全的地方。

"乌鸦不在这里，我知道。他不是个贼，不会欺负弱小。"胡桃木小姐想。

但她发现，在这高高的瞭望台上观看乌鸦们的庆典，真是件非常有趣的事。他们抢光了丰盛的大餐,下一个节目就是乌鸦窝争夺战。经过一个冬天,他们那用树枝草草搭在松树顶上的大窝已经承受了不少风雨。任何有自尊的鸟儿回来之后,都会愿意做个新窝,但乌鸦却不是这样。他们用翅膀拍打,用尖嘴啄,为老窝而争斗着。只有那些抢不到窝的乌鸦才会飞去找建窝的材料。一旦有乌鸦离开某个鸟窝,打斗又会重新开始。

后来,乌鸦警察终于来了。他们开始巡查这些窝。侦察队由最强壮、最吵闹的乌鸦领导,开始立下界标,标明各个窝的所有权。他们冒冒失失地跟在犁具后边,用黄色的大脚爪在即将播种玉米的田边做出标记。也只有乌鸦那锐利的眼睛,才能从树上识别哪怕是最小的地图。他们让年轻的乌鸦侦察附近的商品菜园,盯着最初的播种状况,等到嫩扁豆、豌豆和芦笋能吃了,就来报告。侦察队长总是督促大家勘察更多的田地和菜园。

他粗声叫着,发出重要的指令,自己却不做任何工作。日落时分,他就回到果园那边一棵大松树顶上的窝里。那是上个季节留下的,最好、最结实的窝。

"简直就是个土匪。"在老乌鸦周的每一天,胡桃木小姐都看着那只乌鸦,最后她作出这样的结论,"他该被关起来。但人们永远抓不住他,他太机警了。"这一个星期她都待在家里,吃着储藏的冰冻食物。到了星期天,也就是老乌鸦周的最后一天,她决定去一趟树林,看看有什么绿色的东西。过不了多久,印度天南星那细长的手就会伸出泥土。她摘掉帽子,刷了刷,整理一下,又重新戴上。她正要迈出窝,动身下树时,突然被撞倒了。她的窝差点儿给翻了个底朝天——两只大黄脚重重地落在窝边上,一对褪色的、宽阔的黑翅膀像帐篷一样撑开在她头顶。接着,一个粗哑的声音"呱呱"叫道:

"你还在这里呀,老坚果?过了这么长的冬天,你的树汁还在流动吗?"

不用说,那正是乌鸦。胡桃木小姐颤抖着抓住窝的边缘,她嫌恶地发现,这只乌鸦,她的乌鸦,去年秋天曾经好心帮她找到一个家的乌鸦,正是这次老乌鸦周庆典的头领。也正是他,领导了对女士互助会的袭击,抢了玉米,指挥了对玉米田的勘察。而现在呢,毫无疑问,他又要犯下谋杀的罪行了。但乌鸦来得快,去得也快。他跳到旁边一根树枝上,声音又柔和起来。

"亲爱的女士,请原谅一位老居民一时的疯狂吧。我只是顺便来看看,你在北方怎样过的冬。对于那些容易着凉的鸟儿来说,南方也许很不错。我去那边摘樱桃,当然还有菜园里的各种东西。在这边,不到春天,它们是不会成熟的。"他转动着眼珠,对胡桃木小姐眨眨眼。

既然他已经移开沉重的身体，胡桃木小姐的窝也就正了过来。胡桃木小姐站起身，身上的每根枝条都充满了愤怒，一些新的词语跳进她的脑海。"走开！躲开我！"她尖声大叫，"真遗憾我竟然认识你。小偷，卑鄙小人，破坏和平的家伙！"

"亲爱的女士！当春天的气息来临时，你怎么变得这么反复无常呀？内在像狮子，外表像绵羊，就像人们所说的阴晴不定的三月。但用在你我之间嘛，应该说'内在像乌鸦，外表像蓝鸟'。你好像不高兴见到我回来呢，但我可是刚丢下一个重要的侦察队员会议，就为了邀请你跟我一起飞行。"

飞行？！一听到这个词，胡桃木小姐的怒气瞬间变成了兴奋。她一直在遗憾自己没有旅行的经历。她听说，乘公共汽车或者火车外出，会让一个人大开眼界。至于坐飞机嘛，"老地方"有史以来，还没有人坐过。

"什么时候?机场在哪儿?谁给我买票啊?"

"现在,就在你的鸟窝这里,什么钱都不用付!"乌鸦发出一长串叫声,回答了她所有的问题。他凑到跟前,用一只爪子灵巧地抓起胡桃木小姐,再转过头,将她放在自己宽阔的后背上。"抓紧我的脖子。"他说。胡桃木小姐照做了,用双臂紧紧地抓着。乌鸦展开翅膀,他们一下子升上高空,出发了。乌鸦一边飞,一边发表着刺耳却真实的声明。

"从你的话语来判断,你还是那个老坚果,毫不体谅别人啊!就因为我吃了邻居的玉米?可是我也吃虫子啊。我不能像画眉那样唱歌,那又怎样呢?我可是第一只传播春天融雪消息的鸟儿。只要发现我、八哥、麻雀、鹰或者猫头鹰离得够近,人们随时都会攻击我们,可我也不觉得难过。"

"好啦,好啦,乌鸦!"胡桃木小姐喘息着,

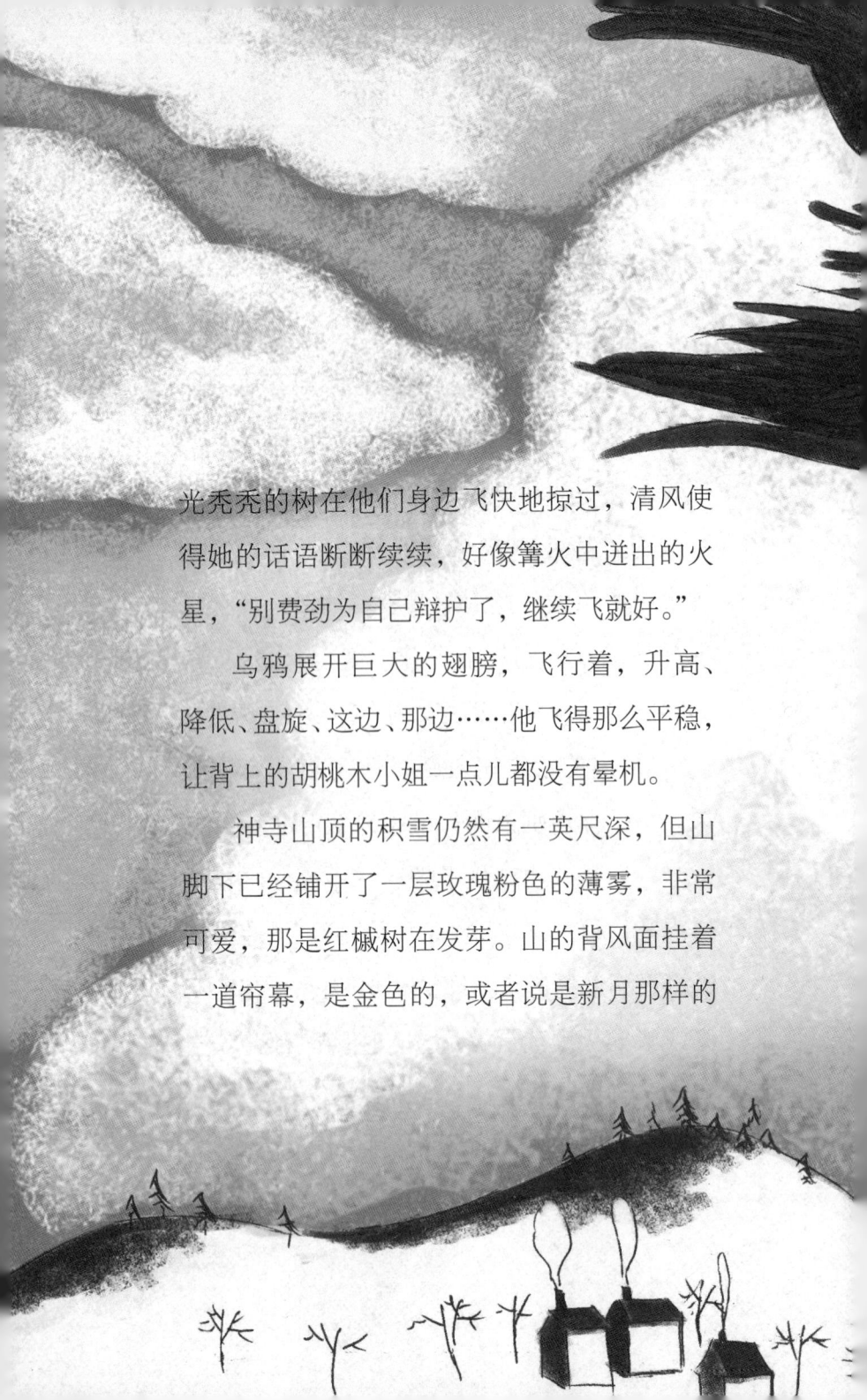

光秃秃的树在他们身边飞快地掠过,清风使得她的话语断断续续,好像篝火中迸出的火星,"别费劲为自己辩护了,继续飞就好。"

乌鸦展开巨大的翅膀,飞行着,升高、降低、盘旋、这边、那边……他飞得那么平稳,让背上的胡桃木小姐一点儿都没有晕机。

神寺山顶的积雪仍然有一英尺深,但山脚下已经铺开了一层玫瑰粉色的薄雾,非常可爱,那是红槭树在发芽。山的背风面挂着一道帘幕,是金色的,或者说是新月那样的浅黄色,那是柳树在开花。农场的土地像一张棋盘,灰色的石墙是界线,棕色的犁田是方格。有一次,当乌鸦俯冲向"高草地"时,胡桃木小姐看到了几个移动的斑点,就像是落日的碎片在飞散开来。

"那是雉鸡先生来接他们的太太了。"乌鸦解释道,"他们想在树林里、灌木丛那边建造新窝,需要雉鸡太太帮忙。你看着吧,那些女士都会原谅他们,忘记过去的,因为又到了孕育小雉鸡的季节。"

毫无疑问,乌鸦是对的。每只了不起的雉鸡先生离开女士互助会门口时,都有一只

土褐色的小雉鸡，隔开一段距离，跟在他们身后。雉鸡太太们恰当地沉默着，心脏却在幸福地"怦怦"跳着。

接着，乌鸦向上飞啊，飞啊。三月的云层像摇摆的气球，胡桃木小姐透过它们，看到了蓝天。他又向下飞啊，飞啊，倾听着远处三号小溪那微弱而活泼的歌声，那是溪水在快要融化的冰下潺潺流动。谷仓小牛出门去了牧场。小野牛呢，拖着曾将她拴在仓院里的绳索和木桩，和小鹿一起冲过树林。他们两个都长大了，腿也更长了。

乌鸦再次上升，去迎接新来的居民：一只不久前还蜷缩在茧壳里的黄蝴蝶试着展开翅膀；一群早来的北美歌雀，还有几只正害相思病的山雀。在阳光中，胡桃木小姐感到很安全。她终于不再紧抓住乌鸦的脖子，而是欢乐地大张开双臂。她飞得那么好，地面移动得那么快，那么多的希望正在降临！曾经装饰了她冬季服装的苔藓，现在已经变成褐色，蓬乱不平，被风吹掉了。胡桃木小姐毫不遗憾地由它们去。她的帽子也掉下来，给吹走，在下边变成一个针尖大的小绿点，最后完全消失了。

"乌鸦！"乌鸦带着她回到苹果树上方，盘旋着，胡桃木小姐喊道，"我要给自己做些新衣服。"

"好姑娘！"乌鸦粗声赞同道。

"我还要打扫房子。"胡桃木小姐说。她想起那些忙碌的日子：以往每到丁香树发芽时，她就会收拾玉米芯小房子。

"我才不费这个心。"乌鸦劝告她，"看我，精神饱满，老当益壮，可我这辈子从没打扫过鸟窝，连澡都不洗！"

"呃。"胡桃木小姐想，"你真该好好看看自己：脚上有泥巴，翅膀上有灰尘，还住在去年的窝里，而不是好好建一个新的。"但她

知道，比起乌鸦的善良和勇敢，这些都是很小的事情。

"我现在要去那头了。"乌鸦对她说。他们向下降落，安全着陆在那棵苹果树上，落在胡桃木小姐的窝边。"如果你需要我，吹声口哨就行。今年的春天来得比较早啊。"

胡桃木小姐跳下来，上气不接下气地说着"谢谢"。乌鸦展开翅膀。这时，一句话闪过胡桃木小姐的脑海，那是印度天南星常说的。

"荣耀与你同在！"胡桃木小姐喊道。

第十二章
牛蛙丢了衣服

深秋时节,牛蛙跳出池塘,打算去三号小溪。他那迟钝的脑子正在认死理。多年以来,青蛙池塘就是他的家,他和众多家人一起,在这里度过了好多年。夏天,他发出低沉而响亮的"咕呱"声;春天,他养育着几百条蝌蚪娃娃;而冬天呢,他在水底温暖的泥巴中睡觉。如果有人事先告诉他,他将要走出的这一步,这次长途跋涉,是一次伟大

冒险的开端，牛蛙可能会惊奇地转动自己鼓鼓的眼睛。每当他上岸坐在阳光下时，总会有两脚动物向他扔石头。他厌倦了成为这样的目标。人们甚至打破冰层来折磨他。被扔了多年石头之后，牛蛙决定去找一个新家。

青蛙池塘就在"老地方"附近。这里有青翠的灌木丛和"咕呱"吵闹的居民。池塘底部有厚厚的泥巴与丛生的水草，那是青蛙的乐园。"咕呱，咕呱。轰，轰。"他们发出的声音就像一支摇摆乐队。牛蛙是个肥胖的、戴着眼镜的老家伙，是嗓门最大的低音歌手。每到新的季节，他都会变得更加强壮、更加吵闹。为了引人注目，他坐在一个小小的演讲台上，那个演讲台是用别人扔进青蛙池塘的马口铁罐头盒做的。水生植物遮挡着太阳，让他感到非常舒适。他的眼睛像大理石弹子那样鼓出来，粗糙的绿色外套凹凸不平，非常厚实。所以，石头到底能不能擦伤这样的外套，还是个问题呢。但牛蛙总是听到这句谚语："住在玻璃房子中的人不应该扔石头。"那么，玻璃房子当然更加安全啦。牛蛙曾想过把这句谚语翻译成蛙语，希望将它传播出池塘，但这超出了他的能力。所以，过了这么多年，在初秋时节，牛蛙风雨无阻地动身了。他不考虑未来，不考虑任何事情，只是一次跳一下，将青蛙池塘抛在了身后。他要去找一个更加安全的家，一个有玻璃房子的地方。

但他发现进展很慢。他跳一下，停一下，再用他那模糊的鼓眼睛四处看看。他的眼睛更适合在水中看东西，而不是在森林里。再跳一下！他越往前跳，就离身后的老家越远，也就越难找到一个新家。牛蛙能够认出玻璃，因为有人向他扔过一个空牛奶瓶。那个瓶子摔碎了，像透明的彩虹一样，落在岸边阳光下的石头上。可他跳得越远，就越无法在树林里找到哪怕有一点点像玻璃的东西。他在

圆木下发现了温暖的泥巴洞，还在一片舒适的沼泽里过了一夜。他沿着一号小溪向西蹦去，然后又沿着二号小溪移动。这些小溪边有很好的沼泽湿地。没有人打扰他，因为天气越来越寒冷了，那些对青蛙来说比较重要的人都不会出门。一天天过去了，一周周过去了，牛蛙赖以生存的虫子已经很稀少。他的外套变得僵硬，更加坑坑洼洼，也失去了新鲜的绿色。终于，当某天夜晚当年最初的霜冻降临时，牛蛙努力一跳，发现自己来到了三号小溪旁。

"就是这里。"他跃进三号小溪深处，对自己嘟囔着，抬头看着上边清澈的溪水和薄纸般的冰层，它们就像玻璃做的屋顶一样，"在这个地方，我不会受人打扰。"看来，他好像是对的。小溪沿岸铺着深邃而静谧的森林；点水的蜻蜓和闪亮的小鱼围绕着他；水没过石头，冒着泡，闪着光，用高音应和着牛蛙的低音。牛蛙感到卸下了一切责任，不再需要教育成群的蝌蚪，也不再需要躲避石头。于是，他独自留在了三号小溪中。他差不多每天都会出水，坐在溪岸上，用绿色的长腿和黄色的鞋子戏水，感到非常愉快。他"呱、呱、呱"的声音有点儿像手鼓声，在长满刺柏、赤杨和高蕨草的小小丛林里回响。可是，一天天过去了，一周周过去了，每天都好像比前一天更加寒冷。

　　今天是愚人节，四月的第一天，天气仍然很冷。树木的汁液已在流动，但沼泽和小溪里还结着冰。大部分积雪已经融化，胡桃木小姐决定滑最后一次冰。残留的冰还很光滑，足够承受她这么一个小人儿的重量。于是，愚人节一大早，胡桃木小姐就动身去三号小溪了。那是她最喜欢去滑冰的地方。她喜爱从这条小溪上掠过，猜想着它从哪里开始，又是谁教会它唱歌。

胡桃木小姐

比起之前老乌鸦周那震耳欲聋的喧闹，这里的静寂令人愉快。胡桃木小姐轻松地到达了三号小溪，正准备滑上冰面，却吓了一跳。那是一个微弱而熟悉的叫声："咕呱。呱，呱。"胡桃木小姐在"老地方"听过青蛙叫，就像这种声音，但听起来这只青蛙好像遇到了麻烦。她循着声音，沿着三号小溪的岸边，终于找到了一个饱经风霜的悲伤的身影。

牛蛙原本漂亮的绿色外套已经裂开了好几个大口子，还褪成了脏兮兮的棕色。他那个大脑袋虚弱地垂在胸前，厚重的眼皮耷拉着，木呆呆地张着嘴，不时努力深呼吸一下，说着："咕，咕呱。"胡桃木小姐走到他跟前，才明白出了什么事——牛蛙的腿被牢牢地冻在三号小溪的冰里了。即使是现在，在四月融雪的天气里，他也没办法挣脱出来，他太虚弱了。

"你怎么弄成这样了？"胡桃木小姐抬起

牛蛙的大脑袋,但它马上又垂了下去。

"玻璃房子!咕呱。两腿动物,向我扔石头。呱。"

"我听不懂,说重点。"胡桃木小姐轻快地说。

牛蛙发出一阵响亮的嘟囔和喘息声,努力表达着。当冻在三号小溪里,被雪覆盖了一冬的时候,他一直在拼命思考。

"从池塘来的。玻璃房子里的人不扔石头。困在冰里啦。"

说完,牛蛙又像泄了气的皮球似的,瘫倒了。

"全是废话!"胡桃木小姐大声说,"房子不是问题。两脚动物会不会向青蛙扔石头,只取决于他的教养。我家里就没有这种人。"

不过,她的话好像白说了。牛蛙不仅低垂着头,身体也垮了下去。胡桃木小姐凑到他跟前,看到牛蛙这样消沉,她很担心。她

紧紧抓住牛蛙的腰带,双脚撑在溪岸的软泥里,开始拖他。

牛蛙稍微挺直了身子。"呱,呱。"他抬起头,转向胡桃木小姐。"再用点儿劲儿!"他喘着气说。

"哼,管好你自己吧!"胡桃木小姐觉得双臂间有东西在滑动。牛蛙是个滑溜溜的家伙,很难抓住。她抓得更紧,也拖得更用力了。"扭动你的腿,冰就会裂开的。"

胡桃木小姐用力拖着,牛蛙的勇气也恢复了一些。他向高处的地面扑腾了几下。突然,冰面裂开了。牛蛙的腿挣脱了出来,他像杂技演员一样跃出水面,飞过了胡桃木小姐的头顶。可怜的女士重重地坐倒在一块石头上,更让她震惊的是,她手中居然抱着牛蛙的衣服,所有的衣服:他的绿色长袜、他那破烂的脏裤子,还有腰带和马甲。她本来只想着拖牛蛙出来,没想到却扒掉了牛蛙身

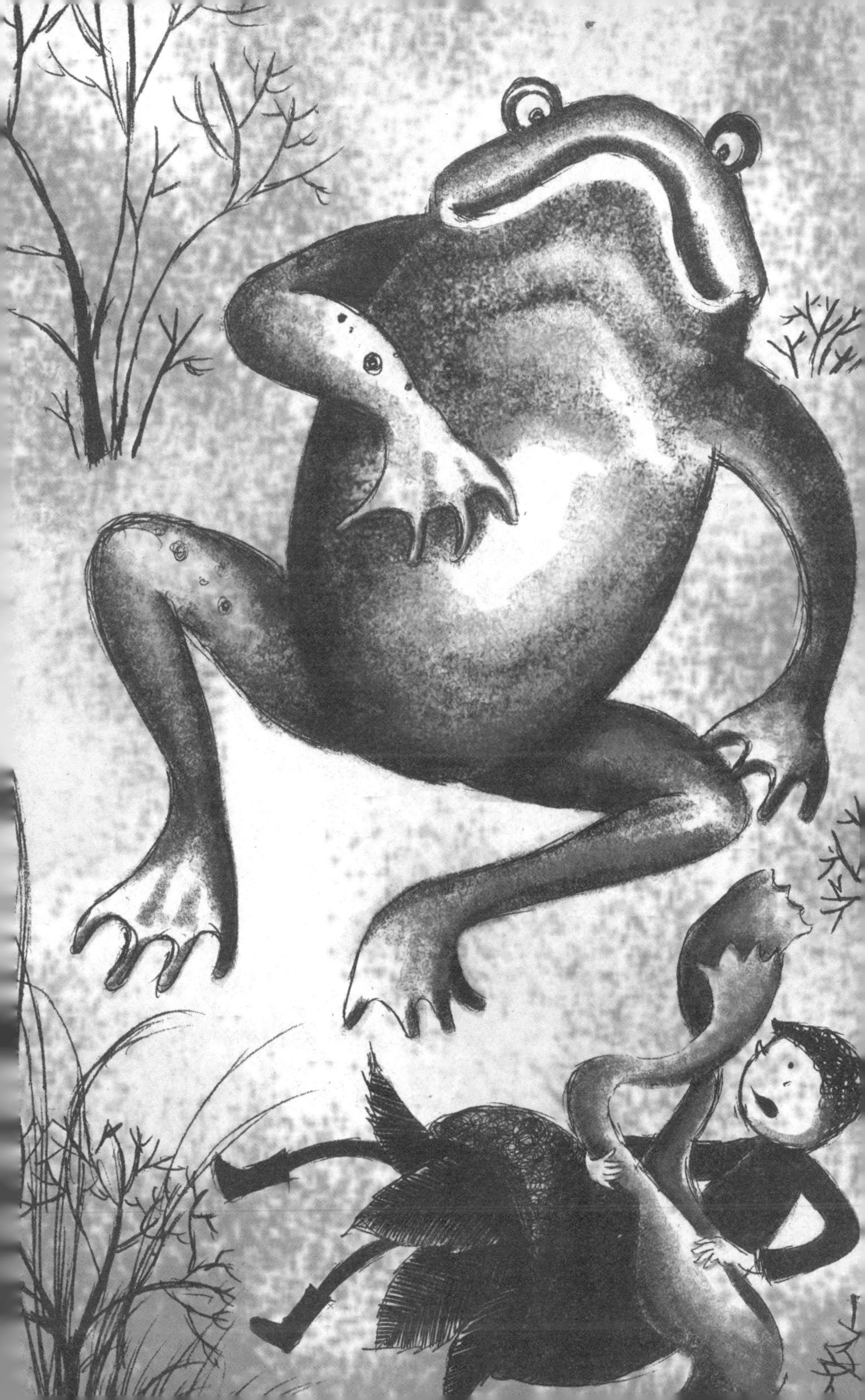

上全部的衣服。这真是件尴尬的事！她难堪地转过脸，谨慎地扔下那些衣服，打算回家去。可是这时，传来了一阵声音："呱！呱！咕呱！"她不禁又看了牛蛙一眼。

牛蛙变了样子。他穿着一件全新的外套，上边的绿色更绿，黄色更黄，斑点也比原来的更加密实。那些旧衣服居然全部消失在牛蛙嘴里，只剩下腰带像一根意大利面似的，还挂在他的唇边。接着牛蛙用力一吞，把腰带也咽了下去。他一能开口，就解释道：

"春天总是要这样的，脱掉我的旧外套，在里边发现新的，再尽量把旧的吞掉。不过，多谢你帮忙。再见，女士！"他有力地跳向青蛙池塘的方向。在他的记忆中，那个家好像要比三号小溪安全一些。

胡桃木小姐感到非常迷惑，走出树林时，她差点儿迷了路。"他们说过'吃掉谁的帽子'。"她心想，"牛蛙却吃了一套衣服，那可是他的皮呀!"她从没听说过愚人节,这太糟糕了。但当她到达"英亩田",穿进果园时,四月新鲜的细雨洒落下来,让她的头脑终于清醒了。远处,牛蛙"呱!呱"地叫着,敲着春天的鼓点。胡桃木小姐想起了从前的春天,她决定下星期开始打扫房子。

第十三章
再次无家可归

知更鸟是一个骄傲而浮夸的家伙。之所以这么说,一是源于他家族的昵称:红胸知更鸟。这个称呼很不恰当,因为他的马甲并不是红色的,而是一种深橘黄色。造成他虚荣心的另一个原因是,每当四月上旬回到北方时,他总是非常引人注目。

"第一只知更鸟!""早到的鸟儿有虫吃!"如果他第一个到家,就会有这样的谚语来迎接他,而知更鸟总是会努力地第一个到家。他趾高气扬地走过"老地方"的草地,聚精会神地对着地面,捕捉虫子扭动的声音,再用嘴一啄,拖出虫子,将它整个吃掉。其实,他更爱吃樱桃,捉虫子只是为了卖弄,因为他喜欢吸引别人的注意。他知道,他的名字会印在报纸上,跟其他从南方回来的旅客的名字放在一起。其实他非常健康,肺也很强壮,不需要每年都去南方旅行。他的一位表亲,就经常待在北方的松林深处过冬。但知更鸟不这样做。他冒着被抓去做馅饼的风险,每年秋天都飞往南方,春天再回来,这么做只是为了满足他的胃口与虚荣心。现在,春天刚刚开始,他就回来了。尽管冻得直哆嗦,但他决心要保持"早到鸟儿"的好名声。

他还多情地记着去年做窝的树,时不时回到那里,直到配偶坚决制止他这种小丑般的行为,要求他开始做窝。四月的这一天有

些特别，一群早归的蓝鸟比知更鸟得到了更多的赞扬。知更鸟飞到果园上空，沿着麦金托什小路，最后找到了那棵歪扭多节的老苹果树，树上有着遮风挡雨的弯曲树枝。去年夏天，他的窝就安全地建在这里。现在，那个窝还是紧密而结实地嵌在树杈间。知更鸟落在旧窝边上，却不禁大吃一惊。

　　胡桃木小姐要打扫房子，就要认真彻底。四月最初的细雨浇软了抹在窝上的泥巴，她又拍打着泥巴，将它们抹平。她将光滑的长条树皮铺在窝里支出的小树枝上，当做架子，然后把这些架子刷洗干净，盘点了冬天剩下的冰冻浆果和玫瑰果。她扔掉了树叶和绒毛做的旧被褥，换上用蕨类植物柔软卷曲的新芽做成的新床具。三条小溪岸边有的是蕨类植物。最后，她还用黏土捏了一个小碗，接满雨水，在里边插了一束早早开放的五月花，好让自己的小窝与春天一起绽放。她正在房间中打扫着，乌鸦飞来拜访她了。

"干得好呀！"乌鸦低头看着窝里，叫道，"我已警告过所有的哥们儿，绝不能非法入侵这里。我还能帮你做些什么吗？"

"什么也不用了，谢谢。除非你能给我的春季服装出点儿主意。"胡桃木小姐娇滴滴地看了一眼，对乌鸦那不甚整洁的外套皱起眉头，表示不以为然。乌鸦不好意思地低下头。"我正打算下月洗个澡呢。"他说完，转身要飞走。胡桃木小姐叫道：

"学校什么时候开学啊，乌鸦？我要去申请个教师职位。我曾教过雉鸡太太怎样做被子呢。"

"开学？"乌鸦嘲笑道，"学校要关闭足足两个满月呢。冬天我不在时，它一直开着。可现在，白天越来越长，阳光灿烂——游戏的时间到啦。"

"那我必须给自己做一身运动装。"胡桃木小姐说。她这是在自言自语,因为乌鸦已经飞走了。

胡桃木小姐迫切需要新衣服。自从丢掉帽子以后,她一直危险地光着脑袋。她的连衣裙成了碎片,外套上也出现了小洞。她马上着手准备材料。在缝纫和编织时,旧的松针容易碎,而新松针又会弯曲。尽管这样,她还是设法把自己打扮得很漂亮。新叶子足够缝一条短裙;新生的绿草可以织成运动衫;做帽子的材料不太好找,但她还是用野樱桃花做了一顶大大的无沿软帽。她双手灵活又敏捷地飞舞着。最后,她将坚硬的小脚伸进一双粉红色的女式拖鞋中。

"这鞋很快就会穿坏的。"她想,"但我走远路时,可以把它们脱下来拿在手里。印度天南星很快就要举行新的聚会了,他绿色的手就要穿出沼泽的地面。他会欣赏我的粉红色拖鞋的。"

日子一天天过去，胡桃木小姐有一个星期没回到麦金托什小路上的家了。幼嫩而辛辣的冬青树叶成了她三餐的食物。她口渴时，就用旧橡子杯舀起小溪里的清水。她的双腿呈现出棕色，在运动短裙下直露到膝盖，比去年春天要丰满一些，也显得更加匀称。

"我相信，我还在长个子！"她想，"不管怎么说，我比以前灵活多了。"

胡桃木小姐动身往家走去。她显得生机勃勃，聪明又活泼。她把女式拖鞋用一根草拴起来，挂在脖子上，以免磨损。一路都是早春的信号：红槭树开满了花，柳树变成黄色，小羊羔在"英亩田"里撒欢儿，神寺山上一片明亮的绿意。她来到自己的树下，从一根低枝荡上一根较高的树枝。开始爬树时，她感到格外开心。她觉得鸟窝比她的玉米芯房子好多了。去年冬天，那座房子已经被一场暴雪压垮。就算它还能再坚持一个季节，胡桃木小姐也决定不再回去了。她心满意足地边爬边想，直到跟前，才发现自己的窝被占据了。窝里坐着一团圆乎乎的羽毛球，上边还有一个尖嘴——那是知更鸟

太太在孵蛋。而知更鸟呢,他正像个守卫一样,栖息在旁边的树枝上,嘴边挂着一条长长的虫子,样子很可笑。

胡桃木小姐当即震惊得说不出话。知更鸟看到她,马上丢掉虫子,鼓起胸膛,凶猛地张开嘴,向她飞来。她荡到另一根大树枝上,折下一根小枝条,向知更鸟挥舞着。

"出来!你们什么意思,为什么占了我的窝?走开,你们两个!"

"你的窝?!这些小树枝是谁收集的?这些泥巴又是谁一口口叼来的?是谁把它做得那么结实,让它得以撑过整个冬天?又是谁偷偷住在了里边?"

胡桃木小姐知道,这些话她无法反驳。

"我刚刚才做了春季大扫除。"她小声说。

"还没付任何房租!"知更鸟厉声说,"像你这种人,自己不做窝,却在空窝里安家,应该称你为什么,你知道吗?杜鹃!"

如果这是真的,胡桃木小姐就太丢脸了。不止丢脸,她好像将要失去一切:神寺山的风景、夜晚的星辰、白天的森林、苹果树上的家务——所有的一切,包括她的安全感。她又抗争了一次。

"我以为到了春天,鸟儿们都要做新窝的。"

"是这么回事儿。但我发现有个旧窝还完好无损,当然会搬进来。我们已经先下了蛋。比起这附近几公里内别的鸟娃娃,我们的孩子会是最先出壳和下地的。这可是新闻啊!我们应该再上一次报纸。"

胡桃木小姐不愿离开。"那,如果我待在附近,如果我等着,以后还能得到这个窝吗?"她壮起胆子问。

知更鸟勃然大怒,他飞向胡桃木小姐,啄了一口。"不行!走开!我还要养育第二窝孩子呢。不许你再上这棵树!"

胡桃木小姐匆匆逃下树，路上弄丢了无沿软帽。有生以来，她第一次感到真正的绝望。乌鸦这个家伙太粗心，不会再一次赶来救她。她知道，乌鸦会觉得，她已经好好地过了一个冬天，应该有能力安排好自己的事情。花栗鼠整个夏天都会凑合着住在玉米芯房子的废墟里。威拉德布朗先生呢，他在谷仓里太忙了，没空帮她。再说，他也是个以自我为中心的家伙。这时胡桃木小姐听到，在头顶上方高高的苹果树上，知更鸟爆发出了一阵歌声，完全是对她幸灾乐祸的挖苦。

"加油！加油！早到的鸟儿！加油！"他唱道。

胡桃木小姐到了地面，四下张望着。一切都分明是春天：紫罗兰欢乐地绽放，蒲公英像金色的硬币，延伸到她看不清的远方。只有她在这里，丢了新的软帽，美丽的粉红色女式拖鞋也高悬在上方，这都是因为下树

下得太匆忙了。

突然,她有了一个计划。从上个满月起一直到现在,她都没听到松鼠在树下的洞里蹦蹦跳跳、嗑开坚果的声音。她认为,松鼠很可能已经搬走了。松鼠洞冬暖夏凉,可以成为她舒适的家。胡桃木小姐望着洞中的黑暗,倾听着,然后走了进去。

第十四章
松鼠的报复

松鼠的洞里非常黑,简直伸手不见五指。后来,胡桃木小姐渐渐地适应了昏暗,看到一个巨大而阴郁的空间。地上满是碎坚果壳,她小心翼翼地从中间走过,连一个完整的坚果都没看到。她大概没有注意到,在远处的角落里,有一件像是灰色毛皮外套的东西,正空荡荡、破烂烂地躺在那儿。但她沿路踩响了果壳,发出"咔咔"的声音,惊醒了松鼠。

松鼠抬起身子。

"谁呀?"他声音微弱地问。

胡桃木小姐走到他跟前,用脚碰碰松鼠。"我也正想问这个呢。"她说,"嗯,是你呀,松鼠。你这样子,好像生病了?"

"饿啊!就是这么回事儿,我快饿死了。"松鼠四肢无力地倚在洞壁上,"一个坚果都没剩下。"是她的想象,还是松鼠真的在盯着她的脑袋?胡桃木小姐向后退去,严厉地对松鼠说:

"你去年秋天不是储存了一大堆坚果吗,它们都到哪儿去了?"

"我都给吃了。"松鼠简单地答道。

"树林里不是也埋满了坚果吗?"胡桃木小姐刻薄地继续说道。

"我当时就跟你说过,"松鼠耐心地说,"我的记性很差,经常是刚埋好一个坚果,一转身就忘了它埋在哪儿了。我把坚果带回家来是对的。积雪刚开始融化时,尽管生着病,我还是出了门,想努力找出几个以前埋下的坚果。可我找到了吗?没有,一个都没有!"他又跌坐在地板上。

"去年秋天我就告诉过你,现在我再说一遍,松鼠。"胡桃木小姐对他摇着一根手指,"你是个愚蠢的家伙,你为什么就是不肯用脑子呢?一个没脑子的废物,那就是你!"

"废物?"松鼠跳了起来,怒火给了他力量,"你知道吗?如果没有我埋下又忘记的坚果,树林里不会长出那么多小树苗。我种了树,不管是不是有意种的!用我的脑子,是这么说吗?那请你解释一下,你的脑袋又出了什么问题,老坚果。你认为自己有资格指责我,说我愚蠢?好吧——"松鼠突然往前一扑,把一只沉重的爪子按在胡桃木小姐的肩上。胡桃木小姐吓得一动也不能动。"他们说,两个脑袋总比一个好。我一直在容忍你。

哦，我非常了解山胡桃，它美味多汁，果肉肥厚。我已经尽力等待，现在必须行动了。希望你能理解……"他开玩笑地说了最后一句话，"对此，我比你更加难过。"

松鼠愤愤地说完，便摘掉了胡桃木小姐的山胡桃脑袋，放进自己嘴里。

说起来真奇怪，胡桃木小姐的头离开了她的身体，已开始在松鼠的利齿间破碎，但它还是能正常思考。事实上，它好像比以前更加灵光了，简直是"响"得越快，"想"得越快。

咔嚓！"我从来不是个有用的脑袋，也许那只是你派给我的可怜用场。对于你这样强壮的身体来说，坚果并不是合适的头脑。"

咔嚓！咔嚓！"你是个彻头彻尾的木头脑袋！"这个头一边被松鼠嚼得"嘎吱"作响，一边飞快地对胡桃木小姐说，"你一开始就不明白，环境的变化有多么重要，直到你被抛弃后，乌鸦不顾你的反对，让你搬到知更鸟的窝里过冬。

"再想想吧，你那木头脑袋让你错过了多少伟大的冒险。威拉德布朗先生邀请你去看牛妈妈被灌药时，你不相信他。这只松鼠给你讲谷仓里的庆典时，你也不相信他——这是你所有错误中最糟糕的一个。你到达谷仓时，已经太晚了。你没有看到那个夜晚食槽里的奇迹。"

咔嚓！咔嚓！咔嚓！现在，胡桃木小姐的头差不多都被松鼠吃掉了，只剩下一点儿，几乎说不出话。它作出最后的努力,说道："想想你曾过着多么快乐的生活，每天都能看到日落和山峰；来自森林的好衣服，还有那么多朋友；可以采摘好多食物；邻居们对你多友好！可你呢，你都为别人做过什么？哦，我承认，你成立过女士互助会，但它也满足了你的虚荣心。你这一辈子都活得很自私，连

你的木头脑袋都不肯放弃。"这个坚果的声音消失了，它已经完全被咬碎和吃掉。

胡桃木小姐摸索着、试探着，跌跌撞撞地走出松鼠的洞穴。她丢了脑袋，但胳膊和腿还在。出于一些奇怪的原因，在没有了坚果脑袋的束缚后，她的身体好像更加敏捷和有力了。她的双脚迈过松鼠洞穴的门槛，把那位绅士吓得全身毛发直竖。松鼠在看过她没有头的身体挺直而轻快地移动后，吓得自言自语了好几天。最终，他认定自己只是出现了幻觉。他从此改过自新，为吃掉胡桃木小姐的山胡桃而忏悔，成为了一只好松鼠。他每年冬天都收集足够的坚果，而且一天只吃三餐，就绝不再吃额外的东西。

胡桃木小姐一路走着，树枝双脚感受到了熟悉的石头和青草。她的树枝小手摸到老苹果树的树皮。这棵树是她心目中的家。如果胡桃木小姐的脑袋还在，它可能会阻止身体，说：

"知更鸟会啄你的！你想去找那双女式拖鞋吗？没那个必要了，你反正看不见它，就让它躺在这里的草地上，等着干枯吧。"这正是那个坚果脑袋会说的话。但胡桃木小姐现在没有了头脑，只需要跟着感觉走。在她那自由流动的树汁中，没有一丁点儿犹豫或恐惧。她伸出一只脚，在粗糙的苹果树皮上找到踏足点，双手找到一根低枝的末端，紧紧地抓住。接着她脚一蹬，大胆地高高荡起来，比以前哪次都要高。然后，她够到下一根较高的树枝，抓牢它，又荡了一次。这种没头没脑、毛手毛脚的上树方式让她开心极了。

整个攀爬过程是愉快的。她已在这里住了很久，熟悉这棵苹果树上所有的拐弯和树杈。她感到温暖的风从南面吹来。她扔掉了春装，很遗憾，但不穿衣服可以爬得更顺当。她爬到鸟窝边，知更鸟吓得飞进了树林深处。

他太太去捉虫子了，这让小鸟出壳的时间晚了一星期。就在这期间，另一只知更鸟早早地孵出宝宝，上了报纸。胡桃木小姐来到窝边，只是温柔地摸摸那些蓝色的蛋，就又继续前进了。这个窝的位置太阴凉，太不见风雨。她觉得自己需要去苹果树的更高处。那里有更强烈的阳光，更大的风，还有更足的雨水，可以供她淋浴。

她能爬那么高，自己也很吃惊。老苹果树向四面八方生长着，扭曲成特定的角度，每根枝条都给胡桃木小姐以家的感觉。她曾经在这些枝条间住了那么久，却从未将它们放进脑海；现在没有了脑袋，她反而走得更远，爬得更高。她爬啊，荡啊，越来越高，越来越高。她能感到阳光披在身上，像一件炽热的金色斗篷。春天从山上飘来，穿过背风的山坡，越过果园，托着她上升、上升……她好像长出了翅膀。

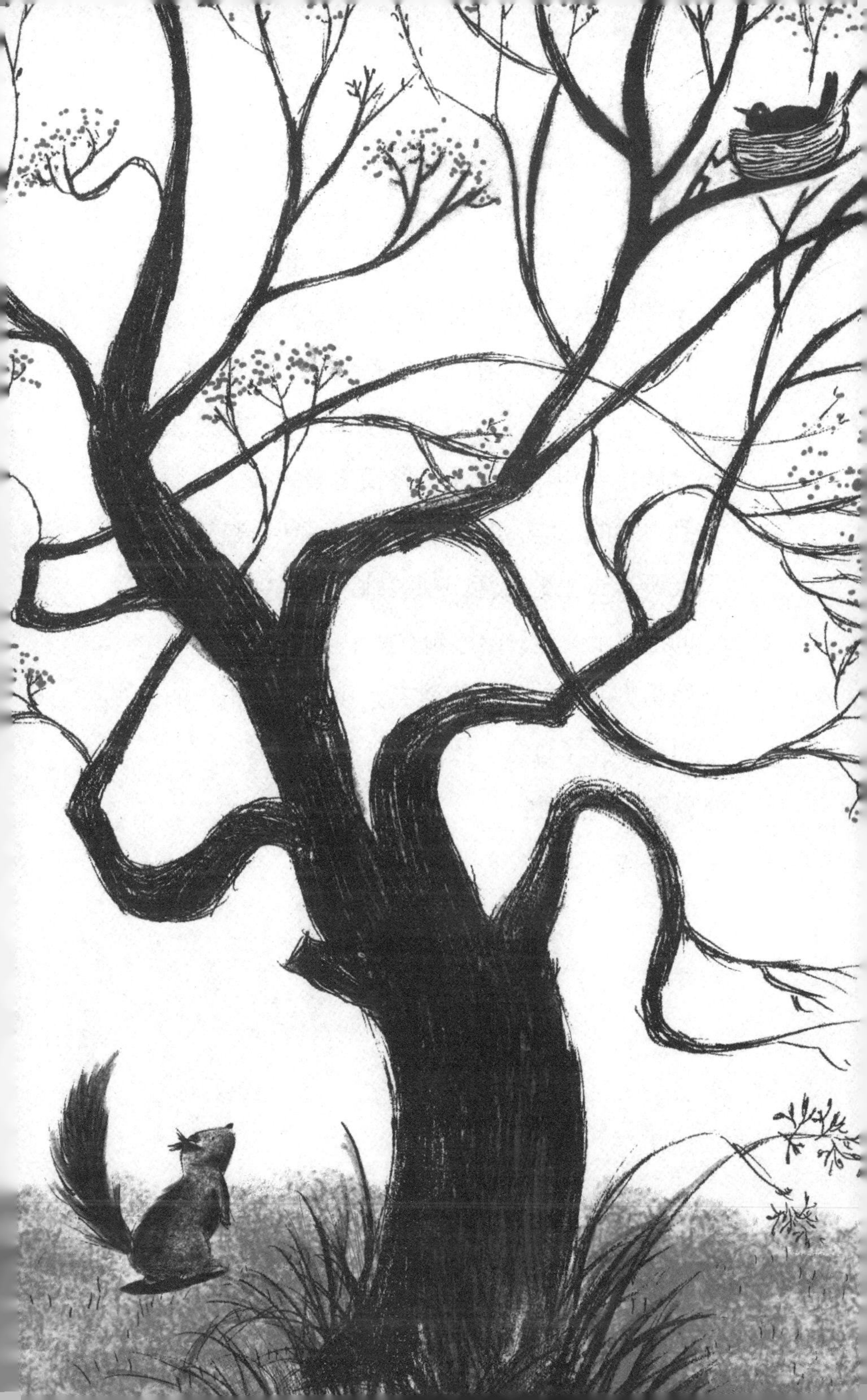

胡桃木小姐还有一种感觉，既陌生，又无法理解。她觉得身上疙疙瘩瘩的，好像在发芽。温暖的树汁像鲜血一样，冲过她的身体。她向着树顶前进，越来越高，越来越高。她感到自己这才是真正回了家，好像她从来就属于这里。她双手一路摸索着树枝，寻找到熟悉的坑洼。终于,她的窝、松鼠、"高草地"及所有过去的生活，都被她远远抛在了下边的土地上。她开始感到有些累了，甚至困了！她手脚并用，在苹果树高处找到一根粗大的树枝，扎了进去。收工啦！胡桃木小姐从此就在这里休息。

第十五章
一切皆有可能

现在是五月了,"老地方"开了门。有着巨大黄铜钟摆的老爷钟又走起来,"嘀嗒,嘀嗒",时间没有尽头。曾经裹住书本的白毛巾已经被打开收好。老农夫的历书翻到了第五张,也就是五月那一页,挂在墙上。窗外飘来一阵可爱的香气,那是丁香树在开花。

安早早地从波士顿的学校回了家。她看到了丁香树丛底下小房子的废墟。那座小房

子是旁边农场的蒂莫西用玉米芯给她做的。安难过地看着它,因为里边的娃娃不见了——就是那个身体是苹果树枝,脑袋是山胡桃,还有一个小尖鼻子的娃娃。

蒂莫西吹着口哨走过来。"怎么了,安?丢东西了吗?"他也看着丁香树丛底下。

"胡桃木小姐!"安告诉他,"她不见了。她的家也烂了,就是你给我做的那个。"

"呃,我们经历了一个严冬。"蒂莫西对她说,"厚厚的雪,还有冰风暴,你不能指望那么个小房子能撑过去。"

"可是胡桃木小姐呢?"安快要哭出来了,"她整个儿不见了。你想想,蒂莫西,她……总该有点儿什么留在这废墟里吧?"

"嗯,听我说,安!"蒂莫西说,"你已经长大了,不能再玩娃娃了。我忙着春天的农活儿,也没空再给你做娃娃屋。你就忘掉整件事情吧。"

安转向蒂莫西:"我不会忘记胡桃木小姐的。她不只是个娃娃,而是个真正的人,在新罕布什尔州出生和长大。我绝不会忘记朋友们,蒂莫西,你应该一直知道这一点。"

女孩子就是不可理喻,蒂莫西想。他双手插进工装裤的口袋,吹起了口哨。远远地,从果园的方向,传来一阵粗哑的"嘎嘎"声,作为对他的回答。

"乌鸦!"蒂莫西解释道,"夏季结束之前,他都会跟我们说话。"

"鸟儿不会说话。"安说。

"乌鸦会,至少他能表达自己的意思。"蒂莫西告诉安,"他去过许多地方,经历丰富,他是鸦群的头领。如果他听到我的口哨声,又有重要的事情想告诉我,他就会回应。"

"比如说呢?"安听起来有些怀疑。

"嗯,"蒂莫西理直气壮地说,"如果你不相信我,如果你觉得乌鸦是在胡说八道,就

来看看吧。我们去果园的山坡上走一走,安。"

步行穿过果园,在苹果树开花的时节穿过果园!睡美人在这里苏醒,月桂女神达芙妮披上新装,双手捧满了紫罗兰,以迎接丰产女神珀瑟芬的回归。蓝鸟俯冲下来,那翅膀仿佛是天空的碎片。在一片果园里,任何奇迹都可能发生。

安和蒂莫西并肩横穿过小路。在"高草地"那头的石墙上,蹲坐着一只老乌鸦。他身上是黯淡的黑色,正用尽全力粗哑地嚷嚷着。一看到男孩和女孩,他就"呱呱"叫着,向更远处飞去。

"他好像真的有话要说。"安赞同道。他们跟着乌鸦。

"他还很喜欢听自己说的话!"蒂莫西轻声笑着说。他又吹了声口哨。"呱!呱!"山坡上的果园里传来乌鸦的回答。那里生长着麦金托什苹果。

"一切都预示着今年麦金托什苹果的大丰收。"蒂莫西又说,"去年是鲍尔温苹果的大年,麦金托什苹果的小年。看看它们的花朵吧!"

他们站了一会儿,欣赏着苹果花开的美景。粉红色的、白色的,在安和蒂莫西的四周和头顶,在果园里,一望无边,到处都开着花。在神寺山的新绿上,它们是一道粉红的帘幕。在那些歪扭的树上,花朵盖满了所有苍老的树杈和粗糙的弯枝。蒂莫西说得对,今年麦金托什苹果树上的花朵最茂密,也最可爱。

他们沿着成排的苹果树走去。蒂莫西像一个农夫那样说着话,对安炫耀着。

"我总是说,什么也比不上我们新罕布什尔州的麦金托什苹果,专为你准备的苹果!又大又鲜红,又美味多汁,闻起来都是甜甜的!咬上一口,'咔咔'直响;放在桌子上可

漂亮了；至于寒冷的夜晚呢，在壁炉前烤一下也不错。"

"蒂莫西，别再说啦！"安大笑起来，"你说得我都饿了。"

"好啦。"蒂莫西对她说，"我只是不希望你觉得乡下什么也没有，不值得回来。"

"哎呀，蒂莫西，这里什么都有！"安拉住他的手说，"除了胡桃木小姐……"

但蒂莫西打断了她。"这里有一棵树，是我最喜欢的，一棵挺老的麦金托什苹果树，不知有多久没有接枝和修剪了。他们觉得它不值得费那个劲儿。它还是我爷爷种的呢。看看这个老家伙吧！我从没见它开过这么多花！"

他们停在一棵上年纪的麦金托什苹果树前。它的树枝那么低，又那么粗，谁都可以轻易从地面跃上去，爬上更高的枝头。蒂莫西吹了声口哨，乌鸦在上边粗声回应着。

"乌鸦在哪儿呢?"安问道。

"不知道。我要爬上去看看。"蒂莫西说着,小心地跃上树,以免伤害麦金托什苹果树枝头的花朵。他吹响口哨,乌鸦响亮地叫着。蒂莫西循着乌鸦的叫声,来到一根开花的树枝旁边。那根树枝高高的,指向远处的山峰,上边的粉红色花朵格外鲜艳。它摇曳着、舞蹈着,像芭蕾舞演员一样。乌鸦就落在它的上方。

"哟!"蒂莫西低头对安喊道,"我在这上边发现了一些东西。你能爬上来吗?"

"爬上来!"乌鸦简单地说,"非常容易!呱!呱!"

安荡悠着,注意不碰伤花朵,谨慎地从一根树枝迈到另一根,简直就像爬上一架梯子。乌鸦拍打着翅膀,稳住身体,在上边"呱呱"叫着。安靠近蒂莫西。蒂莫西兴奋地喊起来。"看这里!"他指着所有树枝中开花最

胡桃小木姐

多的那根,"这是一根嫁接枝!它和万物一起生长!可是我问你,是谁把它插在这儿的呢?不是我,据我所知,也不是任何别的人。"

安望过去,看到了那根跳舞的新枝。它那两条胳膊,它苗条的腰身,还有两条腿,全都装饰着粉红色的花环。但它已经牢牢长在苹果树上,紧贴着一个树杈。风曾经折断那里的旧枝,留下一个小小的、充满汁液的裂口。

"嫁接枝?"安问道。

"没错!把一根新枝移植到老树上,以便

让它开花和结果,这样的新枝就叫'嫁接枝'。但我们通常要绑住它,让它和老枝长在一起,这需要一定的时间。我不明白,今年春天我们没有嫁接什么啊,在这棵老过了头的麦金托什苹果树上,就更没有啦。"

安坐在一根树枝上,温柔地抚摸着那根开花的嫁接枝。她没有说话,但心里在想:"这好像是胡桃木小姐的身体,只是比她少了个脑袋。"

"它会继续生长,结出苹果吗?"安大声问。

"一定会的!"蒂莫西说,"这根嫁接枝

非常适应这棵树。它会让整棵树振作起来,焕发新的生机。但我不明白的是——"

蒂莫西的话没能说完,因为乌鸦向松林飞去了。乌鸦一边飞,一边粗哑地大笑着:"呱!呱!哈哈!两脚动物!他们自以为能解释大自然中所发生的一切吗?"

至于胡桃木小姐,她并不知道自己已经成了一根嫁接枝。她感到非常幸福,她再也不用做出艰难的思考,她终于有了永久的家。未来某一天,她会结出一个又大又红的苹果,送给安,那个曾经认出她的小姑娘。

图书在版编目（CIP）数据

胡桃木小姐/（美）贝利著；司南译. —昆明：
晨光出版社，2014.6（2025.6重印）
ISBN 978-7-5414-6493-5

Ⅰ.①胡… Ⅱ.①贝…②司… Ⅲ.①儿童文学－中篇小说－美国－现代 Ⅳ.①I712.84

中国版本图书馆CIP数据核字（2014）第114040号

HU TAO MU XIAO JIE
胡桃木小姐

出 版 人	杨旭恒
作　　者	〔美〕卡罗琳·舍温·贝利
翻　　译	司　南
绘　　画	陈　伟
项目策划	禹田文化
责任编辑	李　洁
美术编辑	刘　璐
封面设计	萝　卜
版式设计	辰　子

出　　版	晨光出版社
地　　址	昆明市环城西路609号新闻出版大楼
邮　　编	650034
发行电话	（010）88356856 88356858
印　　刷	固安兰星球彩色印刷有限公司
经　　销	各地新华书店
版　　次	2014年7月第1版
印　　次	2025年6月第18次印刷
开　　本	145mm×210mm 32开
印　　张	5.25
ISBN	978-7-5414-6493-5
字　　数	57千
定　　价	18.00元

退换声明：若有印刷质量问题，请及时和销售部门（010-88356856）联系退换。